LE BLUES DU BRAQUEUR DE BANQUE

DU MÊME AUTEUR

Ímaqa, Gaïa, 2002 ; Babel n° 1117.
Le Blues du braqueur de banque (Prix littéraire des jeunes européens), Gaïa, 2012.
Maurice et Mahmoud, Gaïa, 2013.
Petit traité des privilèges de l'homme mûr et autres réflexions nocturnes, Gaïa, 2014.

Titre original :
Bankrøver blues
Éditeur original :
Lindhardt og Ringhof Forlag

ISBN 978-2-330-03723-9

FLEMMING JENSEN

LE BLUES DU BRAQUEUR DE BANQUE

roman traduit du danois
par Andreas Saint Bonnet

BABEL

Ce livre se compose de trois parties :

L'exposition
La description des personnages
Le dénouement

Dans ce grand classique qu'est *Le Radeau**, nos créateurs fétiches ont souligné le fait que tout récit se doit d'être composé de trois parties : l'exposition, la description des personnages, et le dénouement.

Il m'est important de respecter les célèbres interprètes ainsi que l'homme à l'origine de la pièce. Je me plie donc à cette intangible règle.

Certaines histoires peuvent se passer d'introduction – ce n'est pas le cas de celle-ci. Dans notre cas, elle sera comprise dans l'exposition, soit neuf chapitres en tout. C'est une belle portion, mais qui

* *Tømmerflåden* est un sketch célèbre au Danemark, écrit par Børge Müller et interprété par Dirch Passer et Kjeld Petersen. *(Toutes les notes sont du traducteur.)*

a le mérite de représenter une honnête tentative pour transmettre loyalement ce que d'autres m'ont raconté.

Je n'ai pas pu m'empêcher de faire quelques commentaires en cours de route, nous autres braqueurs de banques avons aussi nos idées ! Les lecteurs devront m'en excuser, mais lorsque ma source première – le personnage principal – a raconté son histoire, il avait tant de pensées, de réflexions – à propos de la vie, ce genre de choses, vous voyez ce que je veux dire – que je ne pouvais pas m'empêcher d'y revenir.

Ceci est une histoire très sérieuse. Et il y aura sans doute à travers le pays des lecteurs pour dire que les événements catastrophiques auxquels je fais référence mériteraient des considérations plus sérieuses encore, plus dramatiques. Et que c'est une hérésie que d'en faire une sorte de comédie burlesque. Mais il n'y a pas grand-chose à faire – la vie est burlesque ! De temps en temps, bien sûr. Et c'est un défi quotidien de sauter de l'un à l'autre – et de revenir en arrière ! L'âme a sa propre élasticité – et s'en défaire, c'est se défaire de sa vie.

Bien entendu, cette histoire est principalement née d'une série de hasards.

Pas de hauts faits, pas de destin ni rien de la sorte, puisque en réalité ce sont des concepts que nous inventons nous-mêmes en cours de route – et qui nous servent après coup à donner un sens aux coïncidences.

Les événements que je m'apprête à relater n'ont a priori aucun lien entre eux : la rénovation du radar de Thulé, la visite officielle du président letton, l'excursion des scouts, l'anniversaire de mariage du couple princier, le baby-sitting du ministre des Affaires étrangères au centre de congrès Bella, un penalty au cours du match de l'équipe nationale contre la Suède, la grippe aviaire au Cambodge, l'incendie de l'ambassade de Turquie, un canapé de chez Ilva, quatre employés de sécurité – et autres du même registre.

Quel rapport entre toutes ces affaires ?

Aucun !

Absolument aucun !

Enfin, au départ. C'est seulement quand tous ces événements indépendants sont reliés en une chaîne unique que survient la catastrophe. Et si un seul des éléments n'avait pas eu lieu, rien n'aurait dérapé !

Mais c'est arrivé.

L'identité du narrateur : inutile de tergiverser à ce propos. Une part nécessaire de l'exposition est bien entendu consacrée à la question de savoir qui est véritablement le narrateur.

OK !

Je suis braqueur de banques.

Comme ça, c'est dit.

C'est toujours bon de savoir à qui on a affaire, histoire de ne pas tout d'un coup se rendre compte qu'on est tombé par inadvertance dans les griffes d'un quelconque faquin.

J'ai étudié durant quelques années les sciences politiques – l'économétrie et l'économie empirique à l'Institut des Sciences économiques de l'université de Copenhague. C'étaient des études intéressantes, mais les revenus qu'on en tire sont incomparables à ceux d'une simple activité de braqueur de banques. Les bonnes années, tout du moins.

Cette histoire de braquage de banques a commencé comme un petit job d'étudiant, et n'était en réalité qu'une façon de mettre du beurre dans les épinards pendant mes études. Mais le braquage de banques se développa jusqu'à ressembler à un stage.

La période des études à l'université se passa à merveille – j'ai un joli diplôme – et juste après s'ouvrait une route toute tracée vers n'importe quoi. Or c'est à ce moment que j'ai réalisé que c'était précisément ce à quoi je ne me destinais pas. À vrai dire, je pouvais sans problème me trouver un job dans l'administration d'État ou faire de la politique. Mais nous avons tous nos limites – il est sain et bon de les reconnaître. Ce n'est pas que je ne sois pas du tout dépravé, mais je me dois de délimiter mon champ d'activité – ou je perdrais toute lucidité. C'est différent selon les gens – c'est également vrai pour nos talents. Ne vole pas plus haut que tes ailes ne peuvent te porter !

C'est pourquoi j'en suis resté au braquage de banques, afin de pouvoir continuer à regarder les gens dans les yeux, et éviter de me retrouver dans une situation problématique.

J'en suis maintenant arrivé à l'âge où les gens écrivent leurs mémoires. Mais c'est là que le bât blesse, je n'ai pas l'impression d'avoir vécu tant de choses que ça.

Je me rabats par conséquent sur la vie des autres. Ce à quoi je m'attache dans ce récit n'a donc pas entièrement été vécu par moi. Pas personnellement. Mais je tiens le tout de personnes très proches des faits. Et dont les comptes rendus forment une image si claire que je me permets de la présenter comme si elle venait de moi-même. Parce qu'en fait, j'ai vraiment l'impression que c'est le cas !

Il s'agit justement d'entretiens assez approfondis dans un environnement particulier, plus calme que la moyenne, et quand, dans ce qui va suivre, je rends compte des sentiments et pensées des uns ou des autres, c'est parce que je crois sincèrement que je *sais* tout ça.

Si je ne parle pas beaucoup de moi, c'est bien sûr aussi parce que, dans notre société, le statut de braqueur de banques est étrangement dévalorisé. Fondamentalement, je suis de plus en plus persuadé que les crimes des braqueurs ne sont pas pires que ceux des banques elles-mêmes. Loin de là !

Pourtant, je le disais, l'image des braqueurs dans la société reste peu valorisée.

Aux grandes premières de théâtre par exemple, on invite toujours beaucoup plus de directeurs de banque que de braqueurs de banques. Les directeurs de banque semblent en effet nettement plus honorables, bien que je puisse garantir que si l'on fait les comptes, les directeurs coûtent aux banques bien plus cher que les braqueurs.

Quand un directeur a coulé une banque de plusieurs centaines de millions, on lui donne quelques millions de plus pour l'inviter à prendre la porte

– nous autres en revanche, on peut s'estimer heureux si l'on s'en sort avec de quoi payer un taxi pour rentrer à la maison.

J'ai cessé de lutter contre cette dévalorisation. C'est pourquoi je n'écris pas sur moi, je ne veux pas être publiquement humilié.

À la place, j'écris sur mon personnage principal.

On peut dire qu'il s'agit d'un livre d'entretiens, puisqu'il est en réalité né d'un entretien – une sorte d'entretien, en tout cas. Il parle beaucoup, mon personnage principal. Mais ce n'est pas grave, tant qu'on a quelque chose à raconter.

Je suis fatigué d'entendre en permanence parler de gens qui ont été démasqués. Racontez-moi quelque chose qui a marché ! Qui a envie d'entendre parler de fiasco ? En foot, nous avons déjà notre équipe nationale, en politique Ny Alliance, et le prince Henri en cure d'amincissement – ça devrait suffire.

Beaucoup pensent – à tort – que l'on devient braqueur de banques par appât du gain. Bon, OK, un certain profit est tout de même appréciable si l'on veut que les affaires tournent. Mais ce qui apporte gratification et valorisation de soi, c'est de voir le plan fonctionner. Se rendre compte qu'il est bien pensé, et que tout marche comme sur des roulettes.

C'est mon souhait de voir respecter les principes de base de ma discipline qui m'a donné envie d'écrire ce livre. En temps normal, les braqueurs de banques n'écrivent pas tellement de bouquins – nous nous tenons du moins à l'écart des autobiographies qui pourraient mener à une aggravation de peine.

Ainsi j'écris à propos d'une autre personne – une personne que j'admire. Il a la même formation que moi, mais n'est pas devenu braqueur de banques – il est dans la catégorie au-dessus !

Une personne qui peut élaborer un plan, gérer tous les détails et mener l'affaire jusqu'au bout, au poil. Ça force l'admiration. Il est capable de réaliser l'exploit d'être de mauvaise foi avec une grande élégance – et de s'en sortir à merveille.

Bien sûr, maintenant tout le monde pense que c'est le Premier ministre.

Ben non.

C'est Max.

I

L'EXPOSITION

Où l'on entend pour la première fois parler du meurtre du Premier ministre.

Max avait assassiné le Premier ministre.

Il n'y avait aucun doute – l'homme gisait sur le plancher de la vieille remise à bateaux et n'avait pas bougé d'un poil depuis un bon moment. Il ne respirait pas non plus. Rien que ça, c'était un indice plutôt fiable. Il y a des tas de façons de mettre fin à une amitié longue comme toute une vie, mais celle-ci devait probablement faire partie des plus radicales.

Donc, Max était bien sûr un peu secoué. Il avait travaillé dans la politique de haut niveau pendant des années, mais le meurtre restait pour lui quelque chose de très exagéré. Ne nous enlisons pas dans ces débats d'un autre temps pour déterminer si tuer quelqu'un est un acte négatif ou pas – nous sommes au-delà de ça. Non, ce qui le secouait, c'était simplement que pour la première fois depuis plus de quinze ans, il avait fait quelque chose qui n'était pas prévu. S'il avait prémédité son acte, il aurait aussi su ce qu'il devrait faire après – mais ce n'était pas le cas. Il lui était difficile de prévoir rétroactivement… Je connais moi-même ce genre de situations délicates, quand l'alarme d'une banque se déclenche par exemple.

Quand Max m'a raconté toute l'histoire, il était encore très troublé, et au début, tout semblait passablement incohérent. Tout était fragmenté, et je suis conscient que ces incohérences pourraient se répercuter sur mon propre récit.

Max était quelqu'un de réaliste, de sobre, mais sur le moment, tous ses voyants étaient au rouge. Et ça, il n'en avait pas l'habitude. Il m'a expliqué comment il avait tenté de reprendre le contrôle de sa respiration, s'efforçant d'envisager la situation comme un défi plutôt qu'un désastre.

Il ne voyait pas ce qu'il aurait pu faire d'autre. Le meurtre est bien entendu une chose qu'il vaut mieux éviter. Mais ça n'avait rien de personnel, et pour le pays en tant que tel ça ne faisait pas tellement de différence. La situation ne s'en trouvait pas modifiée d'un iota : les USA étaient nos alliés – ils voulaient mettre à niveau le radar de Thulé au Groenland – ils avaient *La Guerre des étoiles* et toutes ces bonnes choses. Tout allait rentrer dans l'ordre ! affirmait Max. Il avait un très bon contact avec les Américains – c'étaient des garnements, mais tout de même d'assez *grands* garnements, tout allait donc rentrer dans l'ordre.

Ce serait simplement désormais à Max d'arranger ça avec eux – et non pas au Premier ministre. Ce qui n'était pas un changement aussi important qu'on pourrait le croire. Seule réelle différence :

le Premier ministre n'aurait plus *l'air* de mener la danse. Ça avait tout le temps été Max, bien sûr – oui, il avait même reçu une poule raide morte dans un sac par la valise diplomatique de la représentation danoise à Phnom Penh ! Et par-dessus le marché, il avait fait classer la poule « secret défense » par les services secrets !

Max secoua la tête en souriant pendant qu'il racontait. Qu'est-ce qu'on ne ferait pas pour ces cow-boys !

Max n'était pas une personne impulsive – sans quoi il aurait simplement pris ses jambes à son cou. Mais alors, tout aurait été foutu ! À cause de ce qu'on aurait tôt fait de trouver.

Il avait effacé toutes ses empreintes digitales. Il avait pleinement conscience de chaque objet qu'il avait touché et de la façon dont il s'était déplacé. On peut facilement effacer ces traces-là, en y réfléchissant un peu.

L'arme du crime constituait bien entendu l'élément le plus important, il avait donc été particulièrement soigneux. C'est une arme de crime peu habituelle – du moins, je n'avais jamais entendu ça avant.

En effet, les braqueurs de banques ne sont pas vraiment du genre à se balader en tuant des gens – ce n'est pas le concept – mais nous frayons, peut-être plus que la plupart, avec un milieu où les armes sont des outils de travail. Et c'était bien la première fois que je tombais sur une arme comme celle-ci.

Elle avait été produite par l'une des neuf prestigieuses distilleries de Dufftown en Écosse – celle qui est si connue de par le monde pour la forme inoubliable de ses bouteilles. Triangulaire comme un Toblerone. En dehors de ça, ça n'a rien à voir – voyez le goût, par exemple.

Évidemment, je ne sais pas à quel point les gens en général sont familiers avec le whisky pur malt, mais le Glenfiddich est souvent sous-estimé. Cet élixir par exemple était un trente ans d'âge – et il allait avoir l'occasion de vieillir encore.

En réalité, on aurait pu supposer que ce ne fût pas le cas – on aurait pu croire que la bouteille se serait cassée. Ce n'est pas exactement le choix de matériel le plus pertinent quand il s'agit d'assassiner un Premier ministre.

Pas vrai ?

Essayez un peu d'imaginer la situation : le meurtrier rentre gaiement chez un marchand d'armes – ding dong, bonjour bonjour, qu'est-ce que ce sera ?

Le vendeur ne peut évidemment pas voir que le meurtrier est un meurtrier – et de toute façon ce n'est pas encore le cas. On ne peut pas regarder les gens et deviner ce qu'ils ont l'intention de devenir.

Alors quand le client dit « Bonjour, j'aimerais regarder un peu ce que vous avez comme armes pour commettre des meurtres ! », le vendeur ne se méfie pas, et le régale vite de ce qu'il a de meilleur.

Peut-être une Kalachnikov : 120 coups à la minute, grande dispersion – à la fois des balles et de la cible.

« Non ! s'écrit alors le client, non sans effroi. Je dois m'occuper du nettoyage moi-même ! »

Peut-être que la vue de l'arme lui cause un petit choc, on ne sait jamais dans ces situations.

« Il s'agit d'un Premier ministre. Je trouve qu'on lui doit quelque chose de plus exclusif. »

Alors on écarte la Kalachnikov – le client a toujours raison.

Le vendeur hausse les épaules et propose un Smith & Wesson.

Encore une fois, le client réagit de façon négative. « Surtout pas ! Il ne faudrait pas qu'on s'imagine que ce sont les Américains qui ont fait le coup. »

Le vendeur d'armes s'apprêtait tout juste à déposer un arc et son carquois sur le comptoir, mais s'abstient. Ce n'est sûrement pas le choix idéal non plus.

Mais soudain, c'est comme si la lumière se déversait à flots par les petites fenêtres poussiéreuses de la boutique ; le vendeur d'armes met un CD de Vivaldi, interprété par un ensemble de cordes sous-payé dans un studio à Bratislava. Il exhibe d'un air entendu un trousseau de clefs et se penche vers une armoire en aluminium blanc poli. Pendant qu'il tourne délicatement la clef, il annonce d'une voix un rien solennelle : « Nous avons une offre spéciale réservée à nos meilleurs clients…

— C'est moi, ça ! » éructe alors le client avec ardeur, tout en tirant sur son nœud de cravate, car il sent que ça chauffe.

La porte s'ouvre, et la lumière inonde le contenu parfaitement visible désormais. Elle est là, reposant sur un petit coussin rouge – l'arme du crime.

« Une bouteille de Glenfiddich, 30 ans d'âge, pur malt ! » Le vendeur a baissé la voix, et c'est d'un geste religieux qu'il sort la bouteille de l'armoire. On peut sentir que c'est une chose qui ne lui arrive pas tous les jours.

« Remarquez la forme triangulaire et le verre particulièrement épais. Une arme contondante très fiable ! » chuchote-t-il avec respect.

« Oui, on l'a bien en main ! » reconnaît le client en tenant délicatement la bouteille.

Le vendeur rougit dans un élan de modestie tout à fait seyant : « Je n'osais pas le dire moi-même, mais vous avez tout à fait raison. Même après un puissant coup sur l'arrière d'un crâne, l'arme restera intacte.

— Mais pas le crâne ? » L'intérêt est maintenant fixé, et la transaction engagée.

« En effet ! répond le vendeur. Cette arme a assuré le changement de pouvoir d'une génération à l'autre des plus nobles clans écossais. »

C'est le coup de grâce. C'est décidé – et le client n'a même pas demandé le prix !

Alors le vendeur se fait plus aventureux.

« Trois pour le prix de deux, ça vous intéresse ? »

Mais ça ne passe pas.

« Il n'y a qu'un Premier ministre… »

Non, voyons. Ce n'est pas du tout comme ça que ce genre de choses se passe. C'est complètement surréaliste. Et ce n'est pas non plus le genre d'arme du crime qu'on troque contre un sac en papier d'un brun neutre sous la table d'un bistrot crasseux du quartier de la gare, à la nuit tombée.

Non – retour au monde réel. Voilà ce qui était incroyable : la victime avait elle-même apporté l'arme du crime ! Le Premier ministre avait pris la bouteille dans une vitrine de sa résidence officielle, Marienborg, et l'avait glissée dans une poche de sa veste avant de se faufiler par la porte du jardin, longeant discrètement les buissons jusqu'au mur du parc, franchi d'un bond. Après ça, il n'y avait que 800 mètres de sentier serpentant jusqu'à la vieille remise juste derrière la location de canoës, invisible depuis la route.

Pourquoi agissait-il de cette façon – je veux dire le Premier ministre ? J'ai quelques doutes. Pourquoi la victime apporterait-elle elle-même l'arme du crime au meurtrier ?

C'est ce que j'ai demandé à Max bien sûr. Et au moment où on en parlait, son exaltation s'était calmée depuis longtemps. Son initiative toute spontanée à cette heure fatale de la nuit avait constitué une exception flagrante, un trou béant dans l'armure d'une personne pourtant si sobre et maîtrisée.

Mais Max n'avait aucun doute sur ses raisons.

Ça faisait partie d'un plan.

Le Premier ministre avait bien sûr apporté la bouteille de whisky dans une tentative d'instrumentaliser la nostalgie et de trouver une fissure à travers laquelle il pourrait toucher un point faible, fragile, sentimental. Ces deux-là se connaissaient de presque aussi loin qu'ils pouvaient se souvenir. En ce temps-là, le Premier ministre n'était pas encore Premier ministre, il était juste Tom.

Max et Tom avaient été inséparables depuis le lycée – de vrais amis ! C'est pourquoi ce qui s'était passé était à ce point impensable.

L'incident était plus de l'ordre du réflexe – c'est comme ça que j'ai compris Max. Mais quand on y repense par la suite, calmement, Max n'aurait pas pu gérer l'affaire autrement. Ça l'a travaillé, bien sûr. Personne n'agit de la sorte la conscience tranquille. Mais en aucune façon il n'avait considéré l'assassinat du Premier ministre comme une erreur. Si Max avait eu le temps d'y réfléchir posément avant – et s'il en avait ressenti les prémices – il aurait fait la même chose. En revanche, il aurait eu le temps de prévoir comment agir après ! C'était ça qu'il regrettait.

Il a essayé de me faire partager le drame qui s'était joué cette nuit-là.

Les deux amis devaient discuter de la façon la plus constructive possible. Max souhaitait exposer la situation à Tom comme il le faisait habituellement : problème – conséquences – solutions… Mais c'est alors que Tom avait pris les choses en main ! Une première !

Après coup, Max en était sûr : Tom avait préparé son plan, et avant de venir ! Avant même d'appeler pour lui demander de se retrouver à la remise. Et c'est exactement ce qui a tant surpris Max.

Comprenez-moi bien – Tom n'avait jamais concocté de plan, de toute sa vie. Il avait servi des plans, oui – remarquablement, par-dessus le marché – mais les inventer ? Jamais !

Max frémissait, irrité.

« L'imbécile s'était mis en tête qu'il pouvait se débrouiller seul ! Lui ! Se débrouiller seul ?! »

Max se laissa aller en arrière et éclata de rire.
Puis il me raconta toute l'histoire, ce qui s'était passé ce soir-là dans la remise à bateaux.

II

Où l'on entre dans le vif du sujet, et où l'on est témoin de la fin d'une discussion avant de vivre la confrontation finale.

Il serait sans doute avisé de commencer par décrire l'endroit où tout ceci se déroule. Cela a beau être un lieu public, tout le monde n'y est pas nécessairement allé.

La baraque et ses bateaux étaient là depuis un bon nombre d'années, à Frederiksdal au nord de Copenhague – juste à l'endroit où le Mølleåen se jette dans le Furesøen. De grands et vieux arbres, des bosquets, des joncs au bord de l'eau – un endroit plutôt romantique, pour peu qu'on aime le genre. En tout cas, un lieu taillé pour une pleine lune permanente.

Un peu plus loin sur le chemin, un bureau de location de bateaux plus moderne a été récemment construit – avec frigo, machine à café, vitrine à trophées et alarme antivol. Mais il y a toujours quelques canoteurs qui n'ont pas les moyens de payer la nouvelle cotisation et continuent de remiser leurs canoës et kayaks dans l'ancien bâtiment. À l'intérieur, on trouvait une vieille mais solide table et trois chaises. Une tonne de caisses aux contenus divers y était entreposée, et étrangement, il y avait aussi des piles de très vieux journaux – les membres du club avaient dû faire une collecte, et les piles n'étaient simplement pas allées plus loin. Sur le mur du fond, il y avait un support avec trois kayaks. Ils étaient rangés l'un au-dessus de l'autre sur des barres transversales. Ouvertures vers le haut, et pagaies posées sur les côtés pour empêcher les bateaux de rouler à terre.

Max était arrivé un peu en avance et avait fermé les volets. Sur la terrasse en bois se trouvaient un banc tout simple, et un peu plus loin une petite cabane – une station météo. Elle n'était évidemment plus en service, mais tout était encore là – instruments de mesure, journaux de bord, ballons météo et grandes bouteilles d'hélium pour faire voler les ballons. Juste à côté il y avait un grand tonneau pour récolter l'eau de pluie.

Il est possible que certains jugent cette description du contexte un peu longue et triviale, mais souvenons-nous que ce récit se veut un livre à suspense. Un livre à suspense où même les observations les plus évidentes pourraient trouver un sens décisif quand il s'agira de répondre à la grande question : qui est le meurtrier ?

Une question un peu bizarre dans un roman qui commence par dévoiler l'identité dudit meurtrier. Je le concède. Mais passons, ce récit est de toute façon assez spécial.

On peut naturellement regretter que le titulaire du plus haut poste de la nation soit tué par son ami de longue date dans un endroit si peu *fashion*... Mais au moins, c'est arrivé dans l'une des communes les plus riches du pays – et dans un environnement naturel, où le prix au mètre carré rivalise avec les plus belles plages. Comme quoi, l'endroit est moins misérable qu'il n'y paraît.

Je vais commencer par rapporter la fin du dialogue et nous reviendrons plus tard sur le début de la rencontre entre les deux vieux amis, plus long et plus paisible. Ça pourra sembler un peu déroutant, mais c'est de cette façon que l'histoire m'a été rapportée – loin de moi l'idée de contester l'ordre établi par une personne d'une catégorie bien supérieure à la mienne.

Comme braqueur de banques, je suis plutôt bon – je connais mon affaire et n'ai pas à en rougir – mais Max, lui, est d'une tout autre classe. Il n'y a rien de honteux à tirer son chapeau devant ceux qui portent le leur avec autant de style. C'est pourquoi quand une personne que j'admire tant raconte une histoire d'une façon précise, celle-ci se doit d'être transmise exactement à l'identique. La chronologie restera comme elle est – on ne peut tout de même pas écrire sur tout et n'importe quoi en même temps. De quoi cet ouvrage aurait-il l'air ?

Cette nuit-là, la discussion avait pris un tour surprenant, et à la fin Max avait senti qu'il devait foncer dans le tas et dire les choses ouvertement. Par souci de clarté.

« Tu n'as jamais su faire quoi que ce soit par toi-même, Tom ! Pourquoi est-ce que tu saurais, d'un coup ? »

Ce genre de choses n'est pas agréable à dire, et on peut supposer que ce n'est pas agréable à entendre non plus. Mais Tom garda son calme et son sourire.

« Je n'ai jamais eu *l'occasion* de faire quoi que ce soit par moi-même, Max, répondit-il aimablement. Maintenant je peux. »

Le ton amical irrita Max. En général, c'était lui qui restait imperturbable.

« Tu peux que dalle ! éructa-t-il. Tu n'as pas la capacité intellectuelle, bonhomme ! Tu n'es rien ! T'as oublié ça ? Tu es là où tu es aujourd'hui parce que je t'y ai placé ! Tu as oublié ça ? »

Tom haussa les épaules – et le sourire était toujours là. C'était presque comme s'il avait l'air satisfait, et c'était bien plus provocant qu'une réelle opposition. Mais maintenant Max voulait voir une réaction.

« Tu es une façade, Tom ! enrageait-il. Et une bonne façade, ça tu sais le faire ! Ça ! Et rien d'autre ! Mais si on gratte un peu le vernis... Qu'est-ce qu'on trouve ? Bonjour : rien !!! Tu es quoi ? Un zéro ! Et de quoi es-tu fait ? *BULLSHIT !* Et *bullshit* ça correspond à quoi ? À zéro ! »

Voyez, pas très aimable tout ça – pas la moitié d'une insulte. Ne tournons pas autour du pot. Et c'était la première fois ! Durant toutes ces années où Tom s'était battu pour atteindre son but, il avait eu son ami d'enfance à ses côtés. Max avait jalonné la voie, corrigé et ajusté en chemin – il n'avait jamais eu à hausser le ton ou à frapper du poing sur la table, car Tom avait écouté et l'avait suivi. Tom n'était pas de ceux qui se laissent bousculer par leurs émotions.

Et il était assez malin pour laisser l'intellect commander – même quand ce n'était pas le sien.

Mais voilà. Il y avait quelque chose d'étonnamment dérangeant dans la nouvelle donne.

« Ben dis donc, Max ! Où est passée ta célèbre et glaciale capacité d'analyse ?

— Zéro ! » hurla Max. Il avait agrippé le manteau de Tom. « Tu peux l'avoir avec trois décimales : Zéro, zéro, zéro !!! C'est ce qu'on utilisait autrefois pour appeler à l'aide ! Et tu n'as jamais rien fait d'autre ! Pourquoi ? Parce que tu ne sais rien faire seul ! Absolument rien du tout ! Que dalle ! Zéro ! »

Max semblait avoir déversé la plus grande partie de sa rancœur. Tom se libéra de la poigne de Max et se dirigea vers la vieille table devant le support à kayaks. Il passa d'abord la paume de sa main sur le plateau, puis se résigna à s'asseoir quand même sur la table poussiéreuse.

« C'est agréable de te voir comme ça, Max. Ce n'était pas arrivé depuis qu'on était mômes. À l'époque, tu avais encore la flamme !

— J'ai encore la flamme ! » siffla son ami sans le regarder.

Cela eut l'air d'amuser le Premier ministre.

« Oui, c'est vrai. » Il acquiesça. « Et merci bien, ça m'a été bien utile. »

Quand il reprit, le sourire disparut enfin de son visage :

« Ce n'est plus le cas. »

Max était sur le point de reprendre le contrôle de lui-même. Il respira profondément deux ou trois fois et tenta de faire le point. D'arriver à une conclusion.

« Ce que tu me demandes… » Il dut déglutir avant de continuer. « Si je n'en prends pas la responsabilité, tu perds ton poste ?

— Oui ! » Tom lui donna une claque sur l'épaule. « Et dans ce cas tu tombes aussi. De toute façon. Ça n'a aucun sens d'être le *spin doctor* du Premier ministre si le Premier ministre tombe.

— Donc je n'ai qu'à dire que c'était moi ? C'est ça ? »

Tom haussa les épaules. Ce n'était pas si compliqué que ça non plus.

Max pouvait bien le comprendre.

Il réfléchit un moment. Puis hocha la tête. Si lui, parmi tous les autres, n'était pas raisonnable, qui le serait ?

« OK », dit-il enfin. Il s'agissait de garder son calme. « Imaginons que je me retire. Alors je suis à l'abri des projecteurs – des vacances financées par le parti ! De combien de temps on parle ? Un an et demi, c'est ça ? Ou plutôt deux ? »

Tom saisit la bouteille de whisky sur la table. Je n'en ai pas encore beaucoup parlé, mais nous savons que Tom l'a prise à Marienborg, et nous savons qu'elle va avoir un rôle décisif. Bientôt, en plus.

Tom la tendait justement à son vieil ami – et le sourire sur son visage faisait son grand retour. On pouvait appliquer beaucoup d'adjectifs à ce sourire – chaleureux n'en faisait pas partie.

« Max – mon meilleur ami – depuis toujours… » commença-t-il, tandis qu'il tendait la bouteille à son interlocuteur.

Mais Max avait fait un pas en arrière, comme s'il craignait un coup.

« Pose cette bouteille ! siffla-t-il. Tu sais que je ne bois pas !

— Ça n'a pas toujours été le cas.

— C'était autrefois ! Tu sais bien pourquoi j'ai arrêté. Ça fait plus de trente ans, depuis le lycée ! »

Il prit une profonde inspiration et revint à des problèmes plus urgents.

« OK, reprit-il, plus calme. De combien de temps on parle ? Combien de temps je fais profil bas ? Une pause d'un an et demi ? »

Tom secoua la tête. Un observateur extérieur aurait pu croire que c'était un signe de regret, de tristesse. Mais tous deux savaient.

C'était une marque de triomphe.

« Il ne s'agit pas d'une pause, Max. » Ils se regardaient droit dans les yeux. « Qu'elle soit longue ou courte. *This is the end of the road.* Terminé. Fini.

— Notre amitié… » balbutia Max. Pour la première fois.

« Notre collaboration ! corrigea le Premier ministre. Soyons honnêtes, on peut le dire comme ça, non ? On a eu besoin l'un de l'autre, Max. Maintenant chacun barre la route de l'autre. Où est ta logique légendaire ? »

Max n'avait jamais vécu ça – tout était sens dessus dessous. Et il ressentit une émotion surprenante, nouvelle : le sentiment d'impuissance.

« Tu te rends compte de ce que tu es en train de faire… » Il n'y avait même plus de force dans ses protestations.

« Je sais que la seule issue pour toi est de partir de ton plein gré. »

Tom tendit la bouteille de whisky à Max. Qui ne la saisit pas.

« C'est dur, je le sais bien, mon vieil ami, sourit le Premier ministre, et son triomphe était indubitable. Peut-être que tu devrais quand même chercher un peu de réconfort auprès de tes vieux démons. Bordel, maintenant que de toute façon tu n'as plus rien à faire ! »

Il déposa la bouteille dans la main inerte de Max.

« Voilà, là tu m'aides ! »

Suite à quoi il mit fin à la discussion en tournant les talons.

Max sentait ses yeux s'embuer sans pouvoir le maîtriser.

« Qui a dit… que je voulais t'aider ? » cria-t-il, la voix brisée.

Tom stoppa net, et se retourna vers l'homme qui tremblait.

« Max… dit-il doucement. Soyons honnêtes, encore une fois. Ça a *toujours* été ton unique fonction. Adieu… »

Il hésita un peu, puis appliqua une petite tape condescendante sur la joue de son ami, et ajouta en chuchotant :

« Allez, tchin ! »

La tape pleine de condescendance sur la joue fut comme un coup. Et le coup libéra l'explosion.

« Salopard ! » hurla Max en saisissant fermement la bouteille qu'il tenait maintenant depuis un moment. Il la brandit en décrivant un large demi-cercle, et c'est comme si toutes les forces de son corps s'unissaient dans la frappe. Elle culmina au moment où la bouteille triangulaire heurtait le crâne du Premier ministre – Tom n'eut même pas le temps de lever les mains pour parer l'attaque. Il savourait si fort son triomphe qu'il n'avait pas un instant imaginé une quelconque forme d'adversité. Et surtout pas physique !

Il s'effondra immédiatement et resta, immobile, sur le plancher. C'était tout – à vrai dire, ça avait presque l'air paisible.

Max resta simplement là, à regarder.

Voilà, c'est comme ça qu'on tue les gens.

C'est de toute évidence un événement violent, mais j'aurais du mal à le décrire plus précisément, puisque je tiens tout de Max – et il n'aime pas particulièrement parler de ce moment précis du récit. Et pour ma part, je n'ai aucune expérience en la matière. Nous autres braqueurs, on ne se promène pas dans les banques avec une bouteille de whisky pour taper sur la tête des employés. Les clients pourraient croire qu'on fait partie de la direction.

C'était du domaine de l'affect, impossible d'en douter. Mais comme on le comprendra plus tard, la réaction était tout de même on ne peut plus logique.

Le seul élément réellement surprenant dans cette histoire, c'est que la bouteille de whisky ne se soit effectivement pas brisée.

III

Où l'on entend évidemment parler de la fuite, mais où l'on apprend aussi que le meurtrier choisit de revenir sur la scène du crime. Comme dans les films.

Max est quelqu'un de rationnel, mais pas un surhomme non plus.

Il prit donc bien entendu ses jambes à son cou. En un clin d'œil ! Tout un chacun se retrouvant de façon inopinée dans la peau d'un meurtrier prend naturellement peur, avant de se poser et de réfléchir un moment.

Qu'on veuille simplement s'éloigner le plus possible est un réflexe facilement explicable.

Max posa donc la bouteille sur la table, attrapa son manteau et son écharpe et se précipita hors du bâtiment. Il n'avait pas verrouillé sa voiture – une Mercedes noire – et se retrouva donc rapidement derrière le volant. Il mit le contact et sortit lentement du chemin de gravier crissant, phares éteints.

C'était le milieu de la nuit, et le chemin était désert. Quand il atteignit la route et son bitume, il alluma les phares et accéléra.

Il roula aussi vite qu'il osait, sans pour autant dépasser les limitations de vitesse. Même meurtrier, on reste danois. Au point où il en était, le comble serait de se faire flasher ! Personnellement, je conduis de la même façon – tout du moins dans ma vie professionnelle.

Max atteignit rapidement Virum – mais que pouvait-il bien trouver à faire ici ? Il prit donc par Geels Bakke en direction de Holte, tourna à droite au feu et continua sur Øverødvej jusqu'à Gammel Holte, où il regarda nerveusement de tous les côtés. Car c'était une zone avec plusieurs terrains de golf qu'il traversait. Heureusement que c'était la nuit, mais on ne peut jamais se sentir en totale sécurité dans un endroit où les gens sont assez désœuvrés pour se livrer au golf.

Il parvint enfin de l'autre côté de la zone à risque, toutes vitres intactes, prit vers Trørød et continua à travers la forêt en direction de la route côtière de Vedbæk. Il n'avait pas d'itinéraire précis en tête – ailleurs, vite !

Mais alors, son bon sens commença doucement à refaire surface, et il se gara sur une aire de repos, juste avant la sortie de la forêt. Il s'arrêta, coupa le moteur et se donna le temps de réfléchir à la situation.

Il se força à lâcher le volant, se laissa aller en arrière et ferma les yeux.

Quand les catholiques sont dedans jusqu'au cou et n'ont pas la moindre idée de ce qu'ils doivent faire, ils rasent les murs à travers leur petit village du sud de l'Italie jusqu'à la porte de l'église devant laquelle ils se redressent enfin, puis entrent avec une expression si innocente qu'on pourrait s'imaginer qu'ils sont venus acheter une carte postale. Ils jettent un rapide coup d'œil par-dessus leur épaule puis se précipitent dans le confessionnal où ils déchargent leur cœur en préservant leur anonymat – ils racontent ce qui est arrivé, et ce qu'ils craignent de voir arriver. Ils tentent de parler du problème pour y trouver une solution.

De la même façon, Max, installé dans sa Mercedes laquée noir, confessait ce qui s'était passé. Son siège passager désert était sans doute symptomatique de sa foi en des forces supérieures.

Max se confiait à lui-même.

Pour éviter les réparties idiotes.

« Je n'aurais pas dû faire ça, pas vrai ? se plaignait-il. Je n'aurais pas dû le faire ! Enfin, m'en aller, je veux dire. Le reste, c'était OK, qu'est-ce que j'aurais pu faire d'autre ? »

Il ne se répondit pas, quand même. Parce qu'il n'avait pas encore la réponse. Il n'y avait donc qu'une chose à faire : analyser encore.

« C'était idiot de partir. Complètement stupide ! Mais ça doit être parce que c'est la première fois de toute ma vie que je fais quelque chose d'irréfléchi, c'est normal que ça me perturbe. »

La forêt alentour était complètement silencieuse – pas de bruit, pas d'animaux, pas d'amoureux. Ce qui lui convenait parfaitement. Il ne s'attendait pas à trouver la moindre réponse chez quelqu'un d'autre que lui-même et s'installa plus confortablement dans son confessionnal Mercedes. Puis il se mit à réfléchir de façon pratique.

Personne ne savait que Tom et lui devaient se rencontrer dans la baraque à bateaux. Personne ! C'était sûr et certain, ils avaient fait très attention.

Il se frotta les yeux d'une main. Il était tard, et il commençait à fatiguer. Mais peu importe – réfléchir encore !

« Mais à quoi bon, quand il y a un cadavre ? Ce cadavre, c'est le Premier ministre. Enfin, sur le papier. Ils vont trouver l'arme du crime, couverte d'empreintes digitales : les miennes ! »

À ce moment-là, Max n'avait pas encore eu le temps de les effacer.

« Qu'est-ce que j'oublie ? » Il essaya de se concentrer. « Des témoins ? »

Il avait vu un grand feu à quelque distance le long de la côte. « Sûrement des scouts. Peut-être qu'ils ont vu la voiture… Qu'est-ce que j'en sais ? »

Le hasard… Il le savait bien. Mais ce sont justement les hasards qu'il faut éviter, sinon on ne contrôle plus rien. Même moi j'aurais pu le lui dire.

Il n'y avait donc aucune raison de réfléchir plus avant. Ça aurait été une perte de temps. Il fallait agir – et agir vite.

Max démarra résolument la voiture et retourna à la remise.

D'après moi, c'est exactement dans ce genre de situations qu'un homme comme Max montre l'ampleur de sa carrure. D'autres auraient simplement continué à fuir, se seraient cachés sous un appentis ou se seraient rendus à la police. À condition de trouver un commissariat peuplé à cette heure de la nuit.

Même le plus doué des faiseurs de plans ne peut se prémunir contre une situation complètement inattendue. Mais il peut réagir avec rationalité quand elle survient. Ici se distingue le bon grain de l'ivraie, le pro du dilettante.

Quand il pénétra à nouveau dans la bicoque, il eut un choc.

Le cadavre avait disparu.

Tout – tout mais pas ça !

D'abord il s'était trouvé avec un cadavre dont il ne savait que faire – et maintenant qu'il savait, le cadavre s'était envolé !

Je connais des gens qui auraient pu lâcher quelques mots peu réfléchis dans semblable situation, mais avant que son cœur n'ait réellement eu le temps de s'emballer, il retrouva le cadavre.

Tom gisait de l'autre côté de la table. Le cadavre avait bougé ! Ou peut-être qu'il se souvenait mal ?

C'était forcément le cas – comment diable un cadavre pourrait-il changer de place ? Peut-être que Tom n'était pas si mort que ça ? Max s'empressa de vérifier son pouls et sa respiration. Il n'y avait rien à redire : le Premier ministre était mort, et gisait là où il gisait.

Que le cadavre se fût trouvé ailleurs un peu plus tôt ou pas était tout à fait négligeable – les souvenirs de Max devaient être erronés. Tout le reste était exactement comme au moment où il avait quitté les lieux.

Il se mit donc à l'œuvre, et pour commencer vérifia qu'il n'avait laissé aucune trace.

En dehors du corps, s'entend.

Il y avait bien sûr cette bouteille de Glenfiddich… Mais Tom l'avait lui-même apportée de Marienborg – où elle manquait maintenant… Non, il valait mieux la laisser là. Il fallait simplement la nettoyer attentivement.

Sur le rebord d'une fenêtre se trouvait un objet tout à fait étrange : un téléphone portable rose vif. Rose ! Il l'avait bien remarqué en arrivant pour préparer la rencontre. Il devait appartenir à l'un des membres du club, Max n'y toucha donc pas. Il valait mieux qu'il soit là si le propriétaire revenait le chercher. Max jeta un dernier coup d'œil au téléphonc, eut un petit rictus de travers et se corrigea : la propriétaire. Même de nos jours, ça reste hautement probable.

Non, il n'y avait rien d'autre que cette bouteille. Elle était en revanche couverte de ses empreintes digitales. Il saisit son écharpe et commença à la frotter avec attention – elle devait être comme neuve, tout juste sortie de la distillerie de Dufftown !

Nous voilà presque revenus où tout avait commencé. La boucle est bouclée, je peux enfin raconter l'histoire depuis le début. Maintenant que nous savons comment va se terminer ce qui ne va pas tarder à commencer. Un peu noueux, comme expression – je le vois bien – mais somme toute, c'est ainsi.

Je connais pas mal de gens qui disent lire la fin d'un roman avant de le commencer. Ça les rassure. Alors pourquoi pas ?

Ici, cette méthode de lecture n'est pas en option mais de série. Et je trouve que ça témoigne d'une grande prévenance envers les lecteurs.

Mais ce n'est pas de mon fait. C'est Max qui a décidé qu'il fallait que ce soit comme ça.

Et c'est comme ça que ce sera !

IV

Où l'on apprend comment tout ce bazar a commencé, et ce qui s'est réellement passé avec Lajla & Leila.

Les politiciens sont des amateurs.

Et ça ne pose absolument aucun problème. C'est même le principe de la démocratie : nous devons tous avoir notre mot à dire, puisque nous sommes tous à égalité – tout simplement.

L'idée vient de la Grèce antique, elle est née d'un profond idéalisme et d'une désespérante ignorance de la nature humaine.

Nous avons nous-mêmes décidé que les choses devaient être comme elles sont. Mais le résultat est donc que les pays démocratiques à travers le monde sont menés par une bande d'amateurs à moitié dingues. On peut devenir ministre de l'Environnement uniquement parce qu'on possède un tracteur ! Il en va des ministres comme des couches jetables : il faut les changer souvent.

Et pour la même raison.

Ainsi, pour que tout ceci ne parte pas en sucette, les politiques ont besoin de professionnels. Des gens comme Max. Des gens qui connaissent leur affaire.

Il en a toujours été ainsi, mais maintenant ils sont devenus visibles, presque mythiques. Vous connaissez l'expression : *spin doctor* ! L'expression est ennuyeuse en elle-même, mais si on passe outre, on s'aperçoit que c'est un métier tout à fait passionnant.

Comme partout, il y a ceux qui sont doués, et ceux qui sont presque doués. Max était doué. Je n'ai évidemment pas de grande expérience du milieu, mais je le tiens de l'homme lui-même. Et quand il racontait, je n'avais aucun doute – il rayonnait de talent. On peut sentir ce genre de choses. Doué !

Ne vous y trompez pas : je ne suis ni un envieux, ni un fan dénué d'esprit critique. Mais on a quand même le droit d'être impressionné, non ?

Comme je l'ai mentionné, j'ai étudié quelque temps dans la même branche, mais j'ai fini par reconnaître mes limites – et en ce qui me concerne, je suis très satisfait d'être braqueur de banques. Ça remplit mon existence et définit mon identité. Et quand Max raconte, il me paraît clair comme de l'eau de roche que mon choix était le bon. La formation est une chose – il faut aussi que le cœur y soit.

Max était le collègue le plus proche du ministre – son confident. Et si l'on peut trouver complètement ahurissant que cela prenne fin de la façon que nous venons de voir… il faut se dire que ce qu'on fait dans la vie nous est rarement imputable. C'est imputable aux circonstances !

Ce sont les circonstances qui ont poussé Tom à faire ce qu'il a fait et à dire ce qu'il a dit – et ce sont les circonstances qui ont obligé Max à tuer Tom.

C'est d'une logique imparable, d'un bout à l'autre.

Si l'on prend le meurtre comme point de départ, remontons juste une semaine en arrière... Mais c'était l'enfer ! Surtout pour Tom, bien sûr – Max en était conscient. Et je dois dire qu'il l'expliquait avec beaucoup de compréhension et de compassion.

Cette semaine-là, tout était allé de mal en pis pour Tom – il n'y a rien de plus à dire.

Au fond, tout ceci tourne autour des *ressurces* – excusez l'orthographe ! – de la police.

Ceux-ci étaient déjà tendus à l'extrême – pensez seulement aux quartiers chauds ! (Pourquoi diable les gens ont-ils besoin de la police pour éduquer leurs enfants ?)

Bref, la semaine avait commencé avec des négociations européennes au centre Bella. Il est vrai qu'officiellement, c'était du domaine du ministère des Affaires étrangères, mais le ministre des Affaires étrangères est un crétin. C'est pourquoi le ministre d'État serrait les fesses bien plus qu'il ne l'aurait fait pour une vraie réunion au sommet.

Et c'est ici que les choses avaient commencé à déraper : Max devait faire la nounou toute la semaine au centre Bella – et Tom restait là avec tout le reste sur les bras. Ce qui, à cet instant précis, voulait surtout dire Thulé. Les Américains savaient ce qu'ils voulaient, et ils allaient l'obtenir sans difficulté. Le gouvernement danois devait simplement pacifier les Groenlandais au préalable – à la manière douce. En effet, tout ceci n'aurait aucun sens si les Groenlandais se précipitaient ensuite devant l'UE pour faire annuler toute la procédure.

Que fait-on, dans ce cas ? Moi, je n'en aurais pas eu la moindre idée, mais Max n'avait pas douté une seule seconde.

Le gouvernement proposa une visite officielle au président letton – il détenait le vote décisif au Conseil des ministres européens. Voilà comment boucher le trou !

L'homme accepta avec gratitude la proposition – apparemment, dans ces pays-là, on n'est guère invité. Jusque-là, tout allait bien – mais voilà que l'autre abruti décide de venir exactement cette semaine-là !

Oui, je me permets d'utiliser les propres mots de Max, parce que ça l'a vraiment irrité.

Mais bon, il n'y avait pas grand-chose à y faire – à part souhaiter la bienvenue !

Habituellement, c'est à la maison royale de s'occuper de toutes ces affaires officielles – c'est bien à ça qu'elle sert. Alors le ministre aurait pu se contenter d'un discours ennuyeux à un banquet ennuyeux.

Quelque chose comme : « *Mr President of Latvia !* La Lettonie a su tirer un trait sur le passé et se tient aujourd'hui en nation entièrement indépendante, une nation qui, de la façon la plus convaincante, a réussi à améliorer le niveau de vie de son peuple. Sans oublier l'importation d'articles de luxe venus de l'Ouest. Comme par exemple de la nourriture. »

Bon, ce discours-là n'est pas authentique, mais j'ai cru comprendre que ce genre de choses arrivait de temps en temps. Max ne pouvait matériellement pas tout relire.

La plupart du temps le problème ne se posait pas, puisque Amalienborg, la maison royale, s'occupait de mener la danse. Mais cette fois, c'était au ministère de gérer toutes ces obligations protocolaires – la maison royale s'était décommandée !

Merci du coup de main ! Max n'était pas exempt d'amertume quand il repensait à ce qu'il avait vécu comme de la haute trahison.

Mais bien entendu, ils s'étaient assuré des excuses en règle : la reine avait brodé un napperon pour l'autel de la nouvelle cathédrale d'Oslo, et ça aurait été une insulte à la couronne norvégienne que de ne pas être là pour l'inauguration. On peut le comprendre.

L'époux ? Encore moins. Le prince faisait encore une dépression et s'était réfugié dans son château de vignobles français près de Cahors. Il était donc là-bas – seul et malheureux. Uniquement entouré de 6 laquais, 2 chefs cuisiniers, 4 femmes de chambre, 600 000 hectolitres de vin rouge et une palette de foie gras. Le couple héritier participait à un marathon et à un salon de cosmétiques en Australie – et le petit frère dans le sud du Jutland était malheureusement cloué au lit.

Franchement ! Là, maintenant, dans un moment pareil !

Ensuite, terminé : le reste de la maison royale était de trop basse lignée.

Félicitations, Tom !

Tom resta scotché au président letton quatre jours d'affilée !

Par ailleurs, il ne buvait que rarement de l'alcool. Le président letton avait enchaîné les toasts fortement alcoolisés à la moindre opportunité – ne seraitce que parce que quelqu'un revenait des toilettes – et Tom avait dû afficher des airs ravis et tricher et recracher chaque fois qu'il en avait eu l'occasion.

Il fallut ensuite changer la moitié des plantes en pot de la pièce. Coma éthylique.

Il y avait donc Lajla – l'épouse de Tom – madame l'épouse du Premier ministre. Pour elle, ça avait été encore pire ! Là, niveau obligations, c'était du lourd ! Lajla avait dû trouver de quoi divertir la première dame lettone. Et le nombre de pâtissiers de Copenhague est en baisse – plus moyen de remplir un agenda avec ça.

Alors quoi ? Des séances de shopping sans fin – de la porcelaine royale et autres incontournables – avec la Lettone. Qui par ailleurs s'appelait aussi Leila – mais avec un *ei*, comme vous pouvez le voir. Ça ne facilite pas non plus les choses, c'est certain !

Notre Lajla avait ainsi dû visiter un jardin d'enfants polyhandicapés, où son manteau avait été savamment colorié, et durant une courte pause toilettes, quelqu'un avait mis de la pâte à modeler humide dans son chapeau.

Difficile de prendre ça avec le sourire, face caméra, au moment où l'on remet son chapeau.

Le pire, c'était la couverture médiatique de l'excursion des deux femmes à travers le pays. La rédaction d'un journal impertinent réussit à donner un angle humoristique à la visite officielle.

Reconnaissons-leur ceci : ils ont exploité à fond la visite d'un élevage industriel de cochons à côté de Ringsted. Leila – celle avec le *ei* – était plutôt apathique, mais une lueur avait envahi son regard ! Avait-elle cru voir son mari ? La rédaction du journal l'avait supposé, en tout cas…

Puis il y avait eu le passage à Tivoli, catastrophique de bout en bout. D'abord, Leila ronfla – surveillez bien quand il s'agit de Leila ou de Lajla. Ça n'est pas négligeable comme différence ! Donc, d'abord Leila ronfla tout au long du concert de H. C. Lumbye. Puis elle s'ennuya ferme devant la représentation de la Pelouse : des acrobates de Mongolie – c'est pourtant sacrément vivifiant ! La suite du programme, c'était *Pierrot et Colombine* au Pantomime, où un paparazzi aux aguets eut la chance de faire une photo pile au moment où Leila bâillait à s'en décrocher la mâchoire – manque de chance, son hôtesse danoise épuisée était en train d'en faire autant. Un magnifique portrait double aux visages ouverts, idéal pour les pages centrales.

Si au moins la femme de Lettonie n'avait pas insisté pour essayer le manège de la Tour dorée. Elles durent faire dix tours à la suite ! La première dame était une vraie friandise pour la pesanteur – là, il y avait de la matière ! Elle savoura les dix tours et ne vomit qu'une seule fois.

Même plusieurs jours plus tard, Lajla restait sous le choc. Et il ne lui fut pas permis d'oublier !

« Leila et Lajla montrent tout ! » C'était le gros titre – je peux dire que je m'en souviens. D'ailleurs,

je me souviens aussi de la photo – elle est rapidement devenue assez célèbre – mais je vais vous l'épargner. Pour ceux qui ne s'en souviennent pas, je peux peut-être vous rafraîchir la mémoire par une courte description.

La photo était en couleur – et malheureusement assez nette. On y voyait deux femmes, dans la Tour dorée de Tivoli. Chacune sur son siège, l'une à côté de l'autre, solidement attachées. L'une hurlait de joie, l'autre de terreur. Et de rage ! Ça ne faisait aucun doute. La vitesse de déplacement remplissait leurs robes d'air et… Enfin voilà, on y voyait des choses qu'habituellement on n'aère pas en public. Surtout pas les femmes mariées à des chefs d'État, en dehors de la juridiction française.

De nos jours, l'attrait pour ce type de sensation est somme toute assez limité, mais il y avait un petit détail qui changeait la donne : aucune des deux dames n'était franchement anorexique – et les sommes utilisées par la première dame lettone pour sa sustentation avaient sans doute été économisées sur le budget culotte…

Je crois qu'il est dans l'intérêt de tous que la description prenne fin ici.

Dieu du ciel ! Toutes les relations presse du gouvernement s'employèrent à faire taire les journalistes, mais il peut être très difficile de contrôler des scribouillards de si bonne humeur.

En même temps… À qui la faute ? Qui aurait pu deviner qu'une femme de président puisse se balader sans culotte, mais alors sans culotte du tout ? Ce devait être à cause de la largeur – ça aurait trop serré.

Et il y eut l'effet boule de neige – vous connaissez les journaux – en un instant, il s'agissait de *deux* épouses d'hommes politiques haut placés les fesses à l'air !

Et les gens riaient, riaient !

Au bout d'un moment bien sûr, tout rentra dans l'ordre. Leila rentra chez elle avec son *ei* et son président.

Enfin, la Lajla de Tom eut de nouveau une vie privée.

Et voilà exactement le problème !

Nous y reviendrons dans un instant, car pour bien comprendre comment tout ce foutoir est assemblé, il va falloir jongler avec plusieurs balles.

Laissons donc Lajla et sa vie privée en suspens, et jetons-nous sur une autre branche de l'histoire, dont le point de départ concerne le mouvement scout et l'affaire autour des habitants du nord du Groenland.

Oui, je sais, il y a beaucoup de choses à suivre en même temps – c'est pour ça que j'explique aussi bien.

V

Où l'on en apprend plus sur ce complexe arrière-plan politique.

Comme prévu, nous mettons entre parenthèses la vie privée de Lajla un moment – mais nous ne l'oublions pas ! Sinon, nous ne comprendrons jamais le lien.

Concentrons-nous sur la scène du crime, la nuit même où le meurtre avait eu lieu – juste après la petite excursion paniquée de Max, revenu pour arranger ce qu'il fallait arranger. Nous découvrons donc une remise à bateaux tout à fait présentable.

Max avait bien entendu caché le cadavre, c'est évident. Il ne l'avait pas caché dans un endroit particulièrement génial. Si vous revenez en arrière de quelques pages et relisez la description de la zone, vous verrez que l'entreprise était presque vouée à l'échec. Les cachettes pour cadavres étaient limitées.

Et heureusement qu'il l'avait caché ! Les choses auraient pu dégénérer de façon dramatique dès ce moment précis. Car soudain, Max entendit des voix ! Il n'était pas du genre superstitieux, et s'il entendait des voix, c'est qu'il devait y avoir des voix ! Il se précipita hors du bâtiment et se cacha un peu plus loin derrière un tas de bois. Il n'osait pas lever la tête pour jeter un coup d'œil, mais il entendait que ça parlait de la voiture. OK, il y avait donc à présent des témoins, qui avaient vu la voiture. Mais ils ne l'avaient pas vu, lui !

C'étaient ces imbéciles de scouts, il en était presque sûr, mais pour ce qu'il en savait derrière son tas de bois, ils n'étaient pas entrés dans la remise. De toute façon, cela n'aurait sans doute pas prêté à mal – maintenant que le corps était caché. Il y en avait un parmi eux – une voix de garçon – qui en savait un rayon sur les voitures.

« Mercedes ! dit-il. C'est une S 450 – huit cylindres ! »

Probablement un petit vantard, il devait y avoir des filles aussi ! Voilà, une voix typique de petite teenager : « Waouh, tu t'y connais dis donc, en voitures, Jacob ! » Un peu plus et elle aurait zozoté – une belle prestation dans une phrase où aucun *s* n'est prononcé.

Ils trouvaient tous que c'était une belle voiture. Noire – et brillante quand leurs lampes torches glissaient dessus. Une nouvelle voix de fille commença à affabuler sur le fait qu'elle devait appartenir à quelqu'un de la maison royale. Et ils voulaient donc jeter un coup d'œil à la plaque – y aurait-il une couronne dessus ?

« Non, bordel ! siffla Max derrière son tas de bois. Pas la plaque ! »

Mais il fut sauvé par l'expert de service, Jacob, qui argua d'un ton railleur que la maison royale n'utilisait pas de Mercedes. Uniquement des Daimler et des Volvo. Max était bien placé pour savoir que c'étaient des foutaises – mais peu importe ! Laissons le gamin se vanter – ça tombait à pic.

Un peu plus loin, il entendit une voix plus mûre. Une femme ?

« Jacob ! Lise ! Allez, tout le monde. On se lève à 7 heures demain matin ! »

Alors les voix disparurent, et Max se risqua hors de sa cachette.

Les gamins avaient donc vu la voiture. Ils savaient qu'une Mercedes noire avait été garée là – mais rien de plus. Ce n'était pas si grave que ça, il fallait simplement le prendre en compte.

Il était de retour et se tenait contre le tonneau de la petite station météo, essayant d'avoir une vue d'ensemble.

La bouteille de Glenfiddich était sur la table – nettoyée de toute empreinte digitale. Il pouvait s'écouler plusieurs jours sans que personne n'ait l'idée de jeter un œil dans la vieille baraque, cachée derrière l'autre, plus récente et plus classe. Quand il se tenait tout au bout de la terrasse en bois, il pouvait apercevoir entre les cimes des arbres la lumière de Marienborg, à moins de huit cents mètres.

Tom était venu ici juste après une autre visite officielle – cela aussi était une source de complications. Le secrétaire d'État américain était sûrement déjà dans la chambre des invités en train de retaper son coussin ou de lire *Donald Duck au pôle Nord*.

Nous voici de retour à la base du problème : cette histoire avec les Groenlandais !

Cette saleté de station de Thulé !

Deux années plus tôt, Max avait réussi à leur faire avaler la remise à niveau du radar de Thulé. Ça avait coûté bonbon ! Mais OK.

Ça s'était reproduit au printemps. OK !

Et alors les Américains étaient revenus : maintenant ils voulaient quasiment annexer toute la région. OK, pourquoi pas, de toute façon, là-bas il n'y a pas un chat, tout juste quelques autochtones.

Mais c'est là que les Groenlandais avaient pété une durite. Et ce qui était étrange, c'est qu'ils avaient l'opinion publique danoise avec eux !

Habituellement, les gens deviennent plutôt distraits et commencent à se curer le nez quand on parle du Groenland – mais cette fois… Max ne se l'expliquait pas. C'était peut-être parce que c'était la troisième fois d'affilée, mais Max penchait plus pour l'autre hypothèse, selon laquelle ça n'avait rien à voir avec le problème en lui-même. Cela faisait simplement longtemps qu'il n'y avait pas eu de réel pavé dans la mare de la presse, et la population s'était retrouvée avec un vide à scandales prêt à être rempli par n'importe quoi.

Quoi qu'il en soit, ça s'était ressenti dans les sondages d'opinion : le parti au pouvoir plongeait ! Les Groenlandais se frottaient les mains et visèrent encore plus haut. D'un coup, ils n'étaient même plus copains avec les USA !

Je trouve ça bizarre, du reste. Pour moi, les États-Unis et le Groenland se ressemblent sur pas mal de points : il y a pas mal de mouvements le long des côtes, mais au milieu il ne se passe jamais rien !

Du point de vue *realpolitik*, il n'y avait cependant pas grand-chose à tenter. Le Danemark était tout simplement obligé de laisser aux Américains ce qu'ils voulaient. Ça ne devrait pas être si difficile à comprendre, mais on n'était pas encore sorti de l'auberge !

Je le sentais bien quand Max racontait. Il en avait *tellement* marre des Groenlandais !

J'évolue dans mon propre milieu et j'ai le mode de pensée qui va avec – toutes ces choses que Max et ses semblables gèrent en permanence me dépassent complètement. Mais je n'avais tout de même pas pu m'empêcher de demander : « Pourquoi tout ce bazar ? Pourquoi ne pas simplement corrompre toute la bande ? »

Max m'avait lancé un regard quelque peu hagard.

« Mais… c'est justement ce qu'on fait, jeune homme ! éructa-t-il en se levant, plein de colère. Chaque année nous leur envoyons 70 000 couronnes par tête de pipe – femmes et hommes, enfants et vieillards, gros et maigres ! Chacun d'entre eux : 70 000 ! Voilà pour vous ! Félicitations ! »

Il écarta les bras et caricatura visiblement quelqu'un que je n'ai jamais rencontré.

« Est-ce qu'ils disent merci ? reprit-il. Non. Ils nous taxent d'empire colonial ou d'impérialistes et veulent s'arracher tout de suite ! Mais certainement pas sans leur chèque ! »

Il se rassit enfin à côté de moi. Mais pas parce qu'il avait terminé de ventiler son irritation, pas du tout.

« Et en même temps… » Il secoua la tête. « Et en même temps – et c'est ce que j'ai le plus de mal à comprendre – si quelqu'un de la maison royale ne s'avise ne serait-ce que de lâcher un pet, ils se mettent tous à taper dans leurs petites mains grasses en criant "hourra". Pourtant, d'une certaine façon, la maison royale est à la tête de toute l'entreprise contre laquelle ils enragent. »

Il était particulièrement exaspéré à ce moment-là, parce que le couple princier venait de fêter son anniversaire de mariage – encore ! Et les Groenlandais avaient failli noyer les tourtereaux sous les cadeaux !

Max dut se relever – il ne pouvait pas rester en place quand il était d'une telle humeur.

« Punaise, un peu plus et il fallait affréter spécialement le vol Hercule pour transporter toutes ces merdes artisanales jusqu'ici ! Pourquoi diable le couple princier ne peut-il pas se prendre en main et faire un discours, histoire de dire les choses clairement une fois pour toutes : "Plus de merdes groenlandaises, merci ! Je hais la stéatite !" »

Max pouvait s'énerver de temps à autre. C'était rare, mais ça arrivait. Il se calmait toujours rapidement et voyait ensuite les choses de façon pragmatique. Tout ce bordel avec les Groenlandais à cause d'un bout de permafrost n'était en fait rien de plus qu'un problème pratique. Et qu'il *fallait* résoudre ! On ne pouvait pas simplement laisser repartir le secrétaire d'État américain sans boucler l'affaire – ce serait une catastrophe !

Tenez, par exemple, je n'étais pas au courant que le Danemark pouvait se permettre de ne même pas payer la moitié d'une cotisation à l'OTAN simplement parce qu'en contrepartie on pouvait donner Thulé aux Américains. On parle de milliards – d'après ce que j'ai compris. Beaucoup de milliards ! Chaque année ! On économiserait quatre fois ce qu'on envoie au Groenland !

Il n'y avait donc pas grand-chose à discuter : l'accord était prêt, et devait être officialisé le lendemain !

Max ne se faisait aucune illusion. Il savait exactement où l'accord allait mener. Les Groenlandais allaient immédiatement se mettre à crier et hurler si fort qu'on les entendrait jusqu'ici. Et ils allaient automatiquement se mettre à nouveau toute l'opinion publique danoise dans la poche.

Parce que c'est tellement *injuste* !

À moins que… et c'est là que j'ai été réellement impressionné. C'est à cette occasion que j'ai pu voir un vrai professionnel à l'œuvre.

Car Max connaissait la méthode pour détourner l'attention et par là même prévenir toute réaction démocratique de la part de la population. Il s'agissait tout simplement d'attirer cette ahurissante tendance au scandale de l'opinion publique vers autre chose ! Quelque chose de solide, quelque chose qui remplirait les courriers des lecteurs pendant au moins une semaine.

De cette façon, Max pourrait tranquillement faire avaler l'affaire Thulé.

Il avait déjà lancé le processus *via* une petite discussion avec un type des services secrets. De l'armée ! Il y avait trop de fuites dans la police, qu'il disait.

Le contact de Max auprès des services secrets avait extrait un sac plastique du courrier diplomatique de

Phnom Penh. Le Danemark n'a pas d'ambassade au Cambodge, mais nous avons une représentation, et Max avait œuvré pendant tant d'années qu'il avait des contacts partout.

Donc, quand le gars des services secrets ouvrit la valise diplomatique, il trouva le sac plastique sur le dessus, comme prévu. Et il était exactement tel que Max l'avait décrit : blanc – et portant une inscription à l'encre de Chine rouge : *moan ngoop*. C'est du cambodgien et ça signifie tout simplement « poule morte ». Inutile d'employer des codes quand on utilise une langue bizarre en elle-même.

La poule était morte de la grippe aviaire – la grippe aviaire asiatique. On se calme ! C'était une variante qui ne se transmet pas de l'animal à l'homme, mais il faudrait bien quelques semaines pour le découvrir. Et quelques semaines, ça suffisait amplement.

Les ordres étaient clairs : rouler dès la nuit vers le jardin d'enfants situé au 4, Egebækvej dans la commune de Gammel Holte. Il fallait absolument que ce soit ce jardin d'enfants et pas un autre – celui que fréquentait le fils du directeur du journal télévisé. L'agent devait garer la voiture de façon discrète et profiter de l'obscurité pour se glisser dans la cour, puis balancer la poule morte dans le bac à sable – et se tirer vite fait.

Au début, l'agent des services secrets avait refusé. Tout bonnement !

Il trouvait que ce genre de choses n'entrait pas dans ses prérogatives. En tout cas, il voulait d'abord en référer à son supérieur pour voir si une telle excursion secrète et nocturne pouvait relever de ses attributions.

Max eut un petit sourire en repensant au dialogue. Car il avait sorti son calepin et proposé à son interlocuteur de profiter du temps pendant lequel il en référait à son supérieur pour passer lui-même un coup de fil, histoire de donner à sa femme un numéro. Un numéro qui permettrait à la jolie femme du chef de la police de téléphoner à une autre femme tout aussi jolie – mais bien plus jeune – pour qu'elles puissent toutes les deux tenir une conférence sur les prérogatives de l'une et de l'autre.

L'homme partit pour Gammel Holte sur-le-champ – et le plan était clair.

Le lendemain matin, à l'ouverture du jardin d'enfants, on trouverait la bestiole, et il suffirait de refiler un tuyau aux journaux à sensation.

La presse allait être aux anges pendant au moins quinze jours : la grippe aviaire ! Dans un jardin d'enfants ! À Gammel Holte !!!

Dans cette commune respectable, ils savent à peine ce qu'est un rhume !

À tous les coups, personne ne se souvient de ce scandale de la grippe aviaire à Gammel Holte – probablement parce qu'il n'a jamais eu lieu. Et il y en a peut-être qui commencent à douter de ma crédibilité, à s'imaginer que c'est juste un truc que j'ai inventé. Ce n'est pas le cas.

Il s'est passé tellement de choses dont nous allons parler plus tard ; mais Max lui-même s'était étonné de ne pas voir la moindre ligne dans le moindre journal. C'est dire si le travail d'un politique peut être frustrant.

Un renard était passé.

Rien de plus. Mais cette fois, Max avait bien assez à faire avec l'autre partie du plan. Tout devint de plus en plus compliqué, et je suis forcé de tout expliquer précisément dans le détail, pour que ça prenne tout son sens.

VI

Où les fondations sont posées, faisant de la vie privée de Lajla une pierre à la pyramide de son mari.

Le narrateur de ce livre – c'est-à-dire moi – doit bien avouer qu'il n'est pas un grand fan du changement. Dans mon domaine, c'est une vraie plaie. On a imaginé un plan, on s'est donné de la peine – parfois, la réussite du plan est aussi soumise à des frais personnels importants – et quand enfin on se trouve devant le coffre-fort de la banque, le code a été changé !

Ce code qu'on avait auparavant obtenu avec beaucoup d'ingéniosité et de savoir-faire acharné – et qui par ailleurs n'était pas si facile que ça à apprendre par cœur – a été changé !

Et on reste là avec ses talents inutiles. C'est une situation malheureuse et professionnellement très frustrante.

Il est donc assez compréhensible que je sursaute au simple mot « changement ».

Tant qu'on y est, vous devez savoir que c'est avec beaucoup d'amertume que j'ai noté que le mot

« ressources », importé du français, doit maintenant s'écrire sans le *o* ! Je sais que la prononciation danoise est la même, mais quand même !

Je l'ai déjà mentionné – et je ne le fais qu'à regret, mais pas moyen de l'éviter si je veux expliquer aux gens d'aujourd'hui que tous les problèmes survenus sont étroitement liés aux *ressurces* de la police… Ça a l'air complètement déplacé, mais *c'est* comme ça que ça s'écrit. Grand Dieu !

Les *ressurces*… de la police étaient déjà, comme je l'ai dit, réquisitionnées à outrance. Résumons : les quartiers chauds de Nørrebro, la ville libre de Christiania, la visite officielle du président letton – et puis aussi vingt-six ministres européens au centre Bella et le secrétaire d'État américain à Marienborg – avec toute sa suite ! Essayez donc de couvrir tout ça avec un cortège de motards !

Et en plus, il fallait surveiller d'importantes manifestations groenlandaises dans les rues. Bon, concernant les Groenlandais, on peut difficilement parler de manifestation « importante ». Mais tout le troupeau habituel d'artistes peintres et de gauchistes en hibernation depuis les années soixante se frottait les mains. Aucun ne manquait à l'appel.

À vrai dire, Max doutait que cette bande d'empaffés en peaux de moutons soient vraiment au fait de l'histoire de Thulé – mais dès qu'il s'agissait de quelqu'un qui s'opposait aux USA… ils s'y joignaient avec conviction.

Il y avait à présent pas mal de manifestants dans les rues, et la police ne pouvait plus les ignorer, manque d'effectifs ou pas. Le contingent de la police était quasiment épuisé – et ils avaient déjà commencé à piocher chez les Jutlandais, c'est dire !

Cette semaine-là, aucun retraité ne put faire sa balade à Harzen, tous les bus ayant été réquisitionnés pour amener des agents de police jutlandais.

Le jour où tout ceci prit feu fut donc le mercredi.

Parce que ce jour-là justement, ça ne rigolait plus : match de foot à Parken ! Danemark-Suède ! La police devait donc aussi se tenir prête à ramener quelques milliers de Suédois ronds comme des queues de pelle jusqu'aux trains qui les renverraient chez eux.

Pas vrai ?

Donc : Max était pieds et poings liés au centre Bella pour éviter que le ministre des Affaires étrangères ne pisse à côté de la cuvette, et c'est pourquoi Tom était seul pour les négociations avec le secrétaire d'État américain à Marienborg.

Juste à ce moment-là, Lajla téléphona à Tom : elle était chez elle à la villa.

Ça ne tombait pas particulièrement bien, mais elle insista pour qu'on lui passe immédiatement son mari. Peu importe avec qui il était en réunion !

Et quand la jeune secrétaire embarrassée entendit que la femme du Premier ministre pleurait à l'autre bout du fil, elle n'osa pas refuser d'interrompre la réunion. Ça pouvait concerner les enfants.

C'était une réunion difficile que Tom vivait – une épreuve sur le fil, qui réclamait toute sa concentration. Éprouvant pour les nerfs ! Il dut donc se maîtriser quand il s'excusa auprès de son invité.

L'Américain ouvrit les bras – c'était tout simplement humain. Il était entièrement d'accord avec le fait qu'un politique ne peut pas risquer un divorce. Le genre de trucs qui vous fait plonger dans les sondages et vous fait faire un joli plat sur une foule houleuse !

« *Take your time, Tom !* »

Le si compréhensif secrétaire d'État se dirigea discrètement vers la fenêtre pour jeter un œil plus bas.

Tom n'eut pas le temps de se demander quel était l'objet de l'appel. Sa femme ne dit ni « salut » ni « bonjour », et encore moins d'autres entrées en matière du genre « mon chéri ». Ni même un simple « comment ça va, mon cher ? ».

À l'instant où Tom colla le téléphone contre son oreille, il sut où tout ceci menait.

« Je veux un sofa ! »

Sa voix était stridente, mais on sentait clairement sa détermination.

« … Bonjour, ma chérie ! »

Ce fut un dialogue relativement désagréable. C'est quand même dingue. Ce n'est pas pour ça qu'on se marie, si ? On se marie pour se dire des mots doux l'un à l'autre, pour être fier l'un de l'autre, pour se rendre la vie plus simple l'un à l'autre. Bien entendu, l'idée est aussi d'avoir une épaule sur laquelle se reposer, ou sur laquelle pleurer, et un endroit où chercher de l'aide quand la vie est trop dure.

Et Lajla en était là.

Bien que le cauchemar avec l'épaisse première dame lettone soit terminé, les retombées étaient toujours là. Laissez-moi être clair – et je sais bien que ce ton franc et direct utilisé dans les cercles que je fréquente en général peut paraître choquant à certains mais quand même : quand le cul de quelqu'un a été sur toutes les lèvres, les grands sourires et les petits regards ironiques du coin de l'œil ne disparaissent pas en claquant des doigts. Quotidiennement, Lajla provoquait l'amusement autour d'elle. Amusement qui devenait plus insistant encore lorsqu'elle se frayait un chemin parmi la foule du supermarché. C'est toujours agréable d'être accueilli par un sourire, sauf quand le sourire est trop large. Et encore moins s'il y a des sifflements et des interpellations à intervalles réguliers. Il y eut quelques collégiens qui eurent le temps de lui lancer un « Madame pas d'culotte ! » avant de disparaître au coin d'une rue.

Bien sûr que non, Tom ne s'en moquait pas. Cette histoire était par ailleurs vraiment folle. Mais il se trouvait dans une situation très délicate, il fallait qu'elle le comprenne. Il loucha vers le discret Américain, qui regardait par la fenêtre et hésitait à tirer le rideau. Tom n'entendait pas une seconde sous-estimer ses problèmes au supermarché ou n'importe où, mais il était le Premier ministre du pays, et trouver un arrangement concernant le radar de Thulé était une priorité absolue.

Voilà qu'il avait manqué une occasion de se taire. Il avait commis une erreur.

Car même si Lajla n'avait rien à voir avec cet arrangement, le travail de son mari déteignait quand même sur elle. Et quand on a dû quitter, ne serait-ce qu'une fois, une quincaillerie après avoir entendu un chuchotement se transformer en fou rire à l'évocation d'un certain *radar à culotte*, on devient hypersensible. Et on n'apprécie pas de voir le sujet ramené sur le tapis.

Lajla voulait de la normalité dans sa vie, et elle la voulait maintenant. C'est pourquoi elle voulait entreprendre quelque chose de tout à fait normal et quotidien – elle en avait le droit ! Elle voulait aller chez Ilva acheter un canapé, qu'il hurle ou couine.

Tom ne fit ni l'un ni l'autre. Bien au contraire. Il lui souhaita une bonne balade. Sur l'instant, il ne voyait pas vraiment où ils trouveraient la place pour un sofa de plus. Mais si ça pouvait faire plaisir à son épouse et apporter la paix dans son esprit, alors en ce qui le concernait ils pouvaient bien l'installer dans la cuisine ou la buanderie – ou ils pouvaient démonter les toilettes pour faire de la place dans la salle de bains. Il s'en moquait, pourvu qu'elle soit contente.

Mais Lajla voulait de la *security* !

Elle voulait pouvoir se rendre à Ilva en paix. Elle voulait échapper aux moqueries, elle voulait se sentir entourée d'hommes aussi musclés qu'inexpressifs, portant des lunettes noires.

Bon Dieu – Lajla avait besoin de se sentir protégée.

Au début, Tom dit non. Bien entendu. La situation de la sécurité était déjà suffisamment tendue, et les ressources de la police – voilà encore cette histoire de ressources, bordel – étaient comme je l'ai déjà énoncé. C'était impossible. Elle devait aller chez Ilva seule – mais elle pouvait prendre un taxi !

Alors Lajla pleura.

Et bien sûr, Tom en fut désolé. Ce n'est jamais agréable quand votre moitié pleure – quelqu'un pourrait la voir.

Il promit de s'en occuper. Puis il raccrocha et regarda son invité, qui s'était retourné, dans l'expectative. Il ne parlait bien évidemment pas danois, mais un chat est un chat dans toutes les langues, et certaines choses passent au travers de la barrière de la langue.

Tom s'empressa de faire visiter le parc à son invité par la plus jeune et jolie secrétaire, puis il appela le chef de la police nationale.

Le chef de la police nationale freina immédiatement des quatre fers. Il ne pouvait certainement pas se passer de qui que ce soit ! Il n'avait pas un agent disponible – pas même un Jutlandais !

Tom n'avait pas l'habitude d'argumenter pour obtenir ce qu'il voulait. En général, c'était Max qui se chargeait de mettre les gens au pas. Tom ne se rendait même pas compte qu'il y avait eu des complications. Mais cette fois Max n'était pas là, et il devait donc éradiquer lui-même tout obstacle sur sa route.

Quand on est Premier ministre, un ordre direct est toujours tentant. Une valeur sûre.

Le chef de la police fut forcé d'obtempérer – quasiment sans protestations. Mais dans *l'éventualité* où il obéirait, il serait obligé de prélever quelques hommes d'une ambassade.

Splendide ! Tom sourit, soulagé – ça avait été facile, finalement.

« On peut prendre ceux de l'ambassade de Suisse, décida-t-il. De toute façon il ne s'y passe jamais rien ! »

Le chef de la police soupira.

« En effet, c'est d'ailleurs pour ça qu'il n'y a pas de sécurité à l'ambassade de Suisse. Et quand il n'y a personne, on ne peut supprimer personne ! »

Ah, le flic marquait un point. Et cela irrita Tom. Il ne pouvait pas perdre plus de temps avec cette histoire. Il était allé jusqu'à la fenêtre, et maintenant c'était lui qui regardait vers le parc pour tenter d'apercevoir l'Américain et la jeune et jolie secrétaire. Il n'avait jamais su s'affranchir d'une pointe de jalousie.

(On ne dit pas *jalusie* par hasard ? À moins que ça ne soit une sorte de bain à bulles ?)

« Et l'ambassade de Turquie alors ? persifla Tom. Les Turcs veulent faire partie de la bande, ils ne se plaindront pas. »

Aha !

« Et monsieur le Premier ministre prend la responsabilité, si les Kurdes prennent d'un coup des initiatives ? »

La question avait été posée d'un ton tout à fait neutre.

« Vous avez quelqu'un qui garde un œil sur les Kurdes ? »

C'était le cas. Des titulaires, certes, mais pas des idiots pour autant.

Tom prit une profonde inspiration – et une décision.

« Bien ! Supprimez la sécurité de l'ambassade de Turquie et envoyez les gars à Virum. »

Le chef de la police nationale haussa les épaules et s'apprêtait à se résigner. Il était au service de l'État – et il venait de recevoir un ordre. Mais alors le Premier ministre eut juste une question subsidiaire.

« Ce sont des gars costauds qui peuvent porter un canapé ? »

Il y eut un silence au bout du fil. Puis le chef de la police répondit, d'une voix basse, très maîtrisée.

« Je crois que j'aimerais bien avoir cet ordre par écrit. »

Ce fut la goutte de trop pour Tom. Il explosa.

« Tu peux l'avoir en gros caractères ici et maintenant ! hurla-t-il. Par téléphone ! »

Il raccrocha violemment puis se précipita dans le parc.

Il les avait vus se diriger vers un banc.

Ce dialogue n'aurait certainement jamais eu de conséquences si le Danemark n'avait pas perdu 1-0 contre la Suède.

Ou tout simplement si le match s'était déroulé de façon équitable, mais ça n'avait certes pas été le cas ! Cet attaquant suédois n'était clairement pas dans la surface de réparation, et le tacle de Martin Laursen n'arriva *pas* trop tard et était exactement sur le ballon. Tout le monde était d'accord pour un coup franc – pour la Suède – juste un coup franc. Mais un penalty ?? Jamais de la vie !

Or ce fut un penalty. 1-0 pour la Suède. Oubliée, la qualification pour la coupe d'Europe !

Après le match, la police dut se jeter de toutes ses forces dans la bataille pour former une barrière protectrice autour des supporters suédois et les amener jusqu'à la gare. C'était bien vu de la part de la police, et les Suédois avaient sans aucun doute autant besoin de protection que d'aide pour retrouver leur chemin.

Mais dans un sens, ce fut quand même une erreur. Car la colère du public danois n'était absolument pas tournée vers les Suédois. C'était l'arbitre qui avait sifflé ce penalty ! Cet arbitre turc…

Après le match, beaucoup de supporters souhaitaient échanger quelques mots avec le petit bonhomme habillé de noir. Un troupeau de plusieurs milliers de hooligans danois en maillot national – avec cornes de brume, mains géantes et feux de Bengale – marcha sur l'ambassade de Turquie. Ils devaient s'imaginer que l'homme se trouverait là.

Honnêtement, ce n'était pas aussi grave que ça en avait l'air – ils se seraient sûrement contentés de quelques « Vendu ! » ou « À mort l'arbitre ! » et autres commentaires plus internationaux.

Et puis peut-être quelques slogans un petit peu racistes, oui, peut-être. On peut également imaginer que ces joyeux lurons auraient balancé quelques feux de Bengale et soufflé deux ou trois fois dans les cornes – rien de plus ! Le plus probable, c'est que ces braves gens seraient repartis une fois la bière éclusée et le singulier caractère danois exprimé.

Mais il n'y avait personne ! Devant l'ambassade ! Personne pour surveiller ! Personne d'autre qu'un petit portier turc qui se précipita terrifié dans le bâtiment pour se planquer. La porte était grand ouverte ! Si c'était pas une invitation !

Alors les petits génies entrèrent dans le jardin et exprimèrent leur mépris pour l'arbitre en pissant dans la fontaine. Bon, et alors ?

Alors, l'un d'entre eux jeta une pierre à travers une vitre. Un feu de Bengale suivit, un rideau prit feu, puis un tapis… Tout fut rapidement hors de contrôle, et quand les pompiers arrivèrent, il était trop tard. L'ambassade cramait sur ses fondations.

Le portier en réchappa, mais l'ambassadeur et deux chats périrent dans les flammes.

En Turquie, tout partit à vau-l'eau – ils n'étaient pourtant pas loin d'avaler la pilule avec Chypre, mais là, ils devinrent complètement fous ! L'opinion publique enrageait bien entendu d'avoir perdu un ambassadeur de façon si absurde.

Et ici, au pays, les gens pleuraient la mort d'innocents petits chats.

Tout ceci partait en vrille. Les titres des journaux se rejoignaient en une unique interrogation : où était la sécurité de l'ambassade ? Où étaient les policiers de garde ?

Au début, le gouvernement garda l'ascendant. Max dépêcha Tom à la télé avant que quelqu'un ait l'idée de poser la question au chef de la police nationale.

Ce n'était pas un mauvais discours que Max avait bricolé pour son vieil ami – et il aurait pu redresser la situation.

Je l'ai trouvé sur le Net, le voici :

« Le gouvernement danois regrette et condamne fermement les actes de violence ayant mené à ce

tragique incident. C'est ce que nous avons clairement transmis au gouvernement turc, ainsi que nos condoléances à la famille de l'ambassadeur. Et il va de soi que nous assumons la responsabilité pleine et entière – aucun doute là-dessus !

Cependant, le gouvernement ne souhaite pas voir cette situation récupérée pour critiquer la police.

La pression imposée aux forces de police est devenue trop importante. À une époque où la démocratie est en permanence menacée par le terrorisme, de trop nombreuses tâches se doivent d'être assurées, et cela impose des choix douloureux. C'est pourquoi, inévitablement, des failles apparaissent – comme en ces circonstances.

Nous le regrettons tous – moi plus encore.

Mais c'est malheureusement la conséquence directe de la menace que représentent le fanatisme et les puissantes forces extrémistes, qui ne reculent pas devant l'usage de la terreur ! »

Pas bête, n'est-ce pas ?

De cette façon, toute la colère populaire fut détournée vers ces terroristes qui nous empêchent d'avoir assez d'hommes pour découvrir s'ils existent vraiment.

Tout aurait pu s'arrêter là. L'attention de la presse s'était déjà tournée avec empressement vers un ministre qui, au cours d'un dîner aux frais de l'État, avait bu un peu plus qu'une bière.

Mais malheureusement, la vilaine rédaction d'un journal à sensation, que je ne nommerai pas, n'avait pas totalement abandonné l'espoir de trouver encore matière à écrire sur Lajla. Même si sa copine lettone était rentrée chez elle.

L'un des photographes du journal avait fourni une photo amusante de la dame, qui se tenait devant Ilva et dirigeait quatre déménageurs en train de se débattre avec un canapé. Le rédacteur en chef s'apprêtait à rejeter la photo d'un haussement d'épaules – on ne pouvait tout de même pas continuer à presser comme un citron une histoire qui *avait* été drôle. Ça se passait sans la Lettone – les deux femmes étaient devenues une sorte de duo comique, façon Laurel et Hardy. Mais alors, le rédacteur regarda plus attentivement les quatre hommes… Bordel, c'étaient pas des déménageurs ! Ils étaient en costard et avaient de fins câbles noirs qui leur montaient aux oreilles. Les collègues vinrent jeter un coup d'œil, et au bout d'un moment il n'y avait plus aucun doute – ils avaient déjà vu ces gars-là ! Mais dans un autre contexte… C'étaient des agents de sécurité de la police !

Il ne fallut pas longtemps pour déterminer à quelle date la photo avait été prise, et c'était bouclé. C'était bien documenté et irréfutable : l'ambassade de Turquie avait brûlé en raison d'un manque d'effectifs de la sécurité – et au même moment, quatre agents de police sortaient le sofa de Lajla de chez Ilva.

Ce n'était plus un sujet pour les pages centrales.

Remontez la Une !

VII

Où l'on apprend enfin comment Tom et Max devinrent inséparables – et pourquoi ils le restèrent.

Ce genre de situations… ça vous tue un homme !!!

D'ailleurs, il est mort.

À tourner autour du pot et retourner les problèmes dans tous les sens, il arrive qu'on se retrouve au bout d'un chemin, et qu'on réalise que c'est une impasse. Pas de voies latérales, pas de ramifications, pas d'échappatoires. Le dos au mur.

Les choses sont comme elles sont !

Pas terrible terrible.

Parce qu'à ce moment-là, on fait quoi ?

Une telle situation est rédhibitoire pour des gens comme Max – la matière première manquant à l'ouvrage.

Comme lorsqu'un expert-comptable se retrouve avec un client sans argent, il est impuissant. Si un homme riche se présente devant un comptable, alors le comptable commence à frotter ses petites mains calculatrices et à déplacer actes et options. Il jongle joyeusement avec capitaux et actions, investit avec une grande énergie des excédents vertigineux et crée des fonds sur de petites îles idylliques anglo-normandes, histoire de faire apparaître d'appréciables déficits tout au long du chemin. Ça roule – hip, hip, hip hourra !

Mais si un sympathique bonhomme au salaire fixe se présente, alors l'expert-comptable adopte un regard vide et secoue la tête avec impuissance. Il n'a pas la matière nécessaire à son travail – il n'a que son matériel. Qu'est-ce qu'un tournevis sans vis, une clef anglaise sans écrou ou un marteau sans clou ? Vacuité ! Le client doit payer ses impôts, et puis c'est tout.

C'est très injuste. Quelques-uns à l'extrême gauche diront même honteux, si ça les amuse. La réalité est ainsi : si l'on n'est pas plein aux as, le comptable est coincé. On ne peut pas jongler sans rien dans les mains.

Pour des gens comme Max, c'est la fiction qui est à la fois la matière, le carburant, et l'outil.

Et les problèmes surgissent quand la réalité est clairement exposée. On ne peut pas tricher avec ce qui est à la vue de tous – on ne peut pas lui donner un autre nom, une fois que les gens ont clairement vu ce que c'est en réalité.

C'est pourtant toujours comme ça qu'on résout les problèmes et qu'on évite les ennuis. Pas en supprimant le problème ou l'ennui, mais simplement en reformulant avec intelligence.

Max, son domaine, c'est la politique, mais j'ai vu le système appliqué à n'importe quoi. Et ça marche !

Dans les vastes zones arides et inhospitalières de constructions bétonnées, on trouve son chemin au gré des rue des Myrtilles, chemin des Lilas et autres route du Roitelet, nommant ce qui devrait s'appeler le Trou-à-Ciment ou l'Écluse-à-Béton.

L'autre jour au supermarché – c'était en plein jour, j'étais donc obligé de payer – j'ai vu un pot de confiture de fraises dont le producteur proclamait fièrement que son produit contenait exclusivement des additifs identiques au naturel. Identiques au naturel ! Une expression soigneusement choisie, qui veut en réalité dire l'exact opposé de l'impression qu'elle donne. Intelligent – et bien vu : les confitures se vendaient comme des petits pains. Des petits pains qui, juste à côté, ne se vendaient d'ailleurs pas très bien, le fabriquant ayant oublié de signaler qu'ils étaient faits maison.

Voilà où je veux en venir avec tout ça : soyez indulgent avec Max et sa situation. Difficile d'être doué quand on n'a rien pour travailler.

J'ai tenté d'esquisser toutes ces malheureuses coïncidences, et on ne peut mettre en doute que le problème de Max était le suivant : la fiction était coincée, parce que la vérité s'était frayé un chemin jusqu'à un endroit inaccoutumé, le devant de la scène. Et maintenant cette vérité se comportait de manière très pernicieuse. La situation était hors de contrôle et presque impossible à manipuler.

La presse était montée sur ses grands chevaux et criait et hurlait et exigeait des explications. Tom pouvait encore se cacher un peu derrière les importantes négociations avec les Américains à Marienborg – mais plus pour longtemps ! Cette calamité était faite pour s'éterniser. L'opposition bombait déjà le torse, et si une explication ne venait pas au plus vite, une motion de censure fatale se profilerait au Parlement.

Max avait donc respiré profondément et ordonné une conférence de presse le lendemain à 10 heures. Et Tom n'avait pas la moindre idée de ce qu'il allait dire !

C'est pourquoi ils devaient se rencontrer – et secrètement, pour l'amour du ciel ! Si les vautours n'avaient ne serait-ce que la piste d'une réunion de crise nocturne, il y aurait un bain de sang. Ce n'était pas facile : Tom ne pouvait pas quitter Marienborg sans qu'ils le voient et le suivent – et Max ne pouvait pas passer le grand portail. Même leur propre administration ne devait rien savoir de la réunion – il y a des fuites partout.

C'est à ce moment-là que Tom avait proposé la vieille remise à barques.

Quand Max m'a raconté cette partie, il a beaucoup insisté sur ce point-là – c'était Tom qui avait proposé la remise. Pour Max, c'était encore un indice confirmant que le meurtre de Tom était bien la faute de Tom lui-même. C'était la suite logique de son propre plan !

Max avait besoin de se raccrocher à cette idée.

Il n'y était pas venu depuis leur jeunesse. Durant leurs années de lycée, ils y allaient souvent. Après les fêtes, ils se glissaient en général jusqu'au bord de l'eau, s'ils avaient trouvé deux filles avec la mise adéquate. Ils s'étaient partagé la procédure, fifty-fifty : Max attirait les filles, et Tom leur mettait le grappin dessus.

Quand Max parlait de ça, c'était sans la moindre amertume – même peut-être avec une certaine fierté. Ça avait été une belle période.

La bicoque avait pratiquement été le foyer d'un club uniquement constitué de deux membres. Ils avaient parlé et préparé des plans, imaginé des coups fourrés impliquant le vélo du professeur de biologie. Ils avaient pénétré par effraction dans la station météo. À cette époque, elle était encore utilisée de temps à autre. Mais pas le soir ni les week-ends.

Ils s'étaient rendu compte qu'en remplissant les énormes ballons météo d'hélium, ils pouvaient soulever un homme ! Et si on le gonflait à environ 80 %, ils pouvaient faire planer une personne à quelques centimètres du sol.

Ils avaient été là, suspendus chacun sous son ballon, faisant des bonds immenses par-dessus les brèches dans la glace du lac Furesøen, en se criant mutuellement : *« Jesus, go home ! »*

Ça avait été fantastique, ils avaient fait une peur bleue à des vieilles dames promenant leurs chiens, et avaient fait se percuter deux kayaks. Fantastique, merveilleux – et ça aurait été grave cool aussi, mais ça ne se disait pas à l'époque. Jusqu'à ce que la police déboule et les ramène chez eux.

Max avait eu droit à un savon, et Tom à une fessée. Même s'il avait 17 ans.

Ils étaient venus à la remise pendant encore quelques années – mais ils n'avaient plus retouché aux ballons, ni à l'hélium.

Ils s'y étaient également rencontrés deux ou trois fois quand ils s'étaient lancés dans la politique.

Ils étaient idéalistes ! Tous les deux !

Et Max savait bien d'où tout ceci venait.

Ils avaient pour la première fois formalisé leur symbiose débutante lors de l'élection au cercle des jeunes du parti. Ils s'étaient présentés tous les deux. Tom fut élu – avec une large majorité. Max avait écrit son discours – et il était bon, ce discours ! Mais bien entendu, il n'était pas aussi bon que celui qu'il avait écrit pour lui-même.

Max fut quatrième dans la liste.

Tom avait été très satisfait – il ne s'était pas attendu à un autre résultat. Ce qui était amusant, c'est que Max était en fait également satisfait. Car c'est à ce moment-là qu'il avait compris : les gens sont différents. Nous avons tous nos particularités, nos points forts et nos points faibles – et on ne peut pas lutter contre.

Je me souviens du moment où Max m'a expliqué la façon dont il avait analysé la situation à l'époque. Ça m'a fait une belle impression, et je suis presque sûr de m'en souvenir à la perfection, bien que ce ne soit pas un code de coffre-fort.

« Un homme comme moi, avait expliqué Max, ne sera jamais choisi pour quelque chose d'important. Mon intellect et l'expérience que j'ai accumulée sont indiscutables – pour la plupart des gens. Et dans un contexte démocratique, ce n'est pas un avantage – c'est un poids. Les gens prennent peur – ils perdent confiance. »

Je ne le suivais pas tout à fait. Ça, je m'en souviens clairement : j'avais du mal à le suivre.

Mais alors Max avait commencé à donner des exemples, et les rouages s'étaient mis doucement en place. Nous étions assis l'un à côté de l'autre sur le petit banc, et il s'était rapproché tandis qu'il parlait.

« Je ne sens pas assez le *prime time* pour jamais devenir quelqu'un de vraiment populaire, avait-il argué. Connais-tu l'expression "rentrer dans les gens avec des sabots ?" »

J'avais hoché la tête.

« Il n'y a pas d'expression équivalente avec des chaussures de qualité. Parce qu'on ne conquiert pas les gens avec de belles chaussures ! »

Max m'avait enfoncé son doigt dans la poitrine à chaque mot.

« Les gens comme Tom ont une influence bien plus importante, parce que leur talent est d'un genre différent et plus immédiat : ils y connaissent que dalle, mais ont la capacité de mettre les gens à l'aise. »

Tom avait toujours été entouré d'amis, parce qu'il se redéfinissait instinctivement chaque fois qu'il rencontrait un nouveau groupe de personnes. Il était toujours « l'un des nôtres ».

Il est évident que sur le plan personnel, il mentait comme il respirait, mais c'était plus par instinct que par calcul.

Max n'essayait pas de faire passer Tom pour un crétin. Bien au contraire ! Tout ce qu'il disait de son vieil ami trouvait son point d'ancrage dans ce fait précis : depuis le début, il l'avait considéré comme dépositaire d'un talent très rare. Il parlait de lui avec une émotion qui frôlait presque l'amour – ne vous méprenez pas. Enfin, c'était sans aucun doute avec une grande admiration.

Comme le jockey qui chante les louanges de son cheval préféré, qu'il soigne avec attention. C'est le cheval qui passe la ligne d'arrivée le premier et qui gagne la course, mais c'est le jockey qui fait en sorte que le cheval courre dans la bonne direction.

Permettez-moi une petite remarque peu pertinente. Vous avez peut-être noté que je m'intéresse pas mal à notre langue. C'est une sorte de hobby pour moi, au milieu d'un quotidien intense. Quand parfois j'échappe aux pieds-de-biche, rossignols et autres codes et combinaisons, j'affectionne de goûter un tantinet au langage – et ça me protège un peu de tout ce monde injuste.

La langue est en effet en constant développement, et c'est très bien comme ça ! Sauf si l'on considère que le principe même de son développement repose sur l'erreur : il suffit qu'un certain nombre de personnes se trompent sur un mot et l'orthographe erronée devient juste !

C'est tout à fait absurde, et nous ramène de façon inquiétante au principe de base de notre démocratie.

C'est le mot « jockey » qui m'a fait monter sur mes grands chevaux. Il n'y a aucun problème avec ce mot, il s'écrit comme il s'écrit, simplement parce qu'il est anglais – tout va bien ! Mais dans ce cas, pourquoi le si charmant mot français « ressources » devrait-il être traîné dans la boue ? *Ressurces !* Je sais, j'en ai déjà parlé, mais c'est vraiment de la folie. Est-ce que ce pauvre cheval finira par être obligé de balader un *djokki* ?

C'est à vous rendre complètement hystérique !

Tout ceci n'a rien à voir avec l'histoire en elle-même. Je trouve juste que c'est intéressant, et je dois concéder au lecteur que j'aime donner dans la digression.

Revenons à la conclusion du jeune et talentueux Max.

Conclusion dont la suite logique fut que lui et Tom, justement cette nuit-là, il y a si longtemps, conclurent un pacte.

Les deux jeunes hommes étaient restés dans la remise après ce choix prometteur de succès. Juste tous les deux – pour une fois on n'avait ni trouvé ni conquis aucune nana. Tom avait en revanche apporté deux bouteilles de whisky du garage de son père. Johnnie Walker, Red Label – les bouteilles les plus prestigieuses étaient rangées dans une petite armoire du salon, et Tom n'avait pas osé y toucher. Mais les deux jeunes gens étaient encore dans l'âge où la quantité de bouteilles compte plus que la qualité.

Il y avait une bouteille pour chacun – c'est plus facile à partager comme ça, et c'est de cette façon qu'on fait durer une amitié.

Ils avaient donc officiellement conclu un pacte – baptisé au Johnnie Walker, Red Label. Ils décidèrent de combiner leurs points forts.

Et voyez – la lumière fut ! Ça fonctionna ! Et ça a fonctionné depuis ce moment-là – durant toutes ces années. Enfin, jusqu'à cette nuit fatale, bien sûr. Mais cette fois, c'était du Glenfiddich et pas du Johnnie Walker – est-ce que ça pouvait venir de là ?

Le duo avait été fructueux dès le premier jour. Max reçut tout ce dont il avait toujours rêvé – le pouvoir et l'influence politique. Et Tom, ce qu'il avait toujours voulu : la position.

Ce fut fêté comme il se doit. En grande pompe ! Avec deux bouteilles de whisky pour deux hommes, que pouvait-il bien manquer aux festivités ? Des serpentins ?

Ils n'étaient pas allés à la remise depuis. Les événements avaient pris de la vitesse et l'endroit avait perdu sa pertinence.

Jusqu'à cet instant, de nombreuses années plus tard, où comme nous le savons la fête avait été moins folle.

« Je me souviens… » Max s'interrompit brutalement. « Bordel de merde ! »

Il se leva brusquement et s'éloigna de moi. Puis il resta là, en silence – fixant le mur. Je crois qu'il revivait ce soir de sa jeunesse. Un long moment passa avant qu'il ne dise quelque chose, et je restai assis, n'osant à peine bouger, ni même respirer. Je ne voulais pas courir le risque de mettre fin à quelque chose qui, de toute évidence, était en train de se dérouler.

Quand enfin il recommença à parler, c'était un autre Max, qui laissait aller sa voix à feu très doux. C'était comme s'il m'avait oublié et se parlait à lui-même. Il marmonnait si doucement qu'il était parfois inaudible. Mais je n'osais pas poser la moindre question, de peur qu'il se taise complètement.

Max se lamentait. Il faut l'avoir vécu !

De ce que j'ai compris, cette soirée avait rendu Max abstinent pour le reste de sa vie. Ce qui était arrivé ne devait jamais se reproduire !

Quand la joie et la bonne humeur sont irrésistibles, et que l'alcool coule à flots, nous autres humains perdons le contrôle. Et ces choses en nous-mêmes que nous ne voulons pas reconnaître font surface. Ça peut être douloureux d'y repenser le lendemain.

Certains… deviennent agressifs et désagréables quand ils boivent. Max avait découvert que sa faiblesse dans ce genre de situations fonctionnait dans l'autre sens. Il devenait sympathique. Sensible ! Agréable et prévenant – à ne voir que le bon en chacun.

Ça ne peut pas marcher ! Ce genre de choses détruit n'importe quelle carrière.

Et ça met à mal en tout premier lieu ce qui fait le gagne-pain des gens comme Max : le jugement.

Après avoir vécu une telle soirée, on arrête. Plus d'alcool – pas question ne serait-ce que de toucher une bouteille !

On ne vit pas d'être un mec sympa !

Ça avait été moche, ce soir-là. Tous les travers de Max avaient fait un tour au grand jour : loyauté, amitié, sincérité, honnêteté.

La plus grande partie de ce qu'il disait, il le glissait au mur, et j'ai dû recomposer son récit de la soirée à partir de fragments.

Quand avec dégoût il repensait à lui-même lors de cette soirée, le mot clef était : « confiture ».

Collant et douceâtre – voilà comment il avait été.

Il n'avait pas arrêté de dire à Tom qu'il était son meilleur ami ! Signaler à son meilleur ami qu'il est son meilleur ami, ça ne pose pas de problèmes. Mais quand on l'a dit cinquante fois, on peut commencer à envisager un certain quota à ne pas dépasser.

Ça devient trop. L'ami commence à s'écarter – et finit même par être un peu moins votre ami. Tout allait bien pour Tom quand ils buvaient, riaient et hurlaient hourra pour n'importe quoi – c'est la tendresse qui fit tout partir en vrille. Max voulait tout le temps tenir sa main, passer son bras autour de ses épaules, le décoiffer affectueusement, lui donner des accolades – des câlins, quoi.

Ça n'avait rien à voir avec l'homosexualité ! Max l'a souligné encore et encore – et je le crois. Et quand je dis ça, c'est sans aucun préjugé. Il s'agissait d'un dévouement débordant, un abandon sans concessions à une autre personne, une pure déclaration d'affection sans arrière-pensées charnelles. Le débordement avait été mou et pâteux, et sans limites. Ça avait été terrible ! Honteux !

Pour finir, l'affectueuse empoignade s'était terminée dans une mare de vomi – on ne s'enfile pas impunément une telle quantité de whisky. Surtout du Red Label. Tom ayant toujours été très attentif à sa tenue vestimentaire, il apprécia fort peu de découvrir de façon aussi manifeste ce que son ami conservait à l'intérieur de lui-même.

Il s'était libéré avec véhémence de l'étreinte – à la fois physique et psychique – et avait fui. Il avait ignoré les gémissements d'excuse venant de la petite baraque et avait disparu au bout du chemin de gravier sur son vélo chancelant.

Il était ensuite arrivé chez ses parents – qui heureusement dormaient – et avait foncé tout habillé sous la douche. Il avait ensuite laissé tous ses vêtements dans la cabine de douche et s'était glissé dans sa chambre. Le temps de se jeter sur son lit, il dormait d'un sommeil proche du coma.

Il fut réveillé quelques heures plus tard, quand son père furieux le secoua. Bien que son père lui hurle directement dans l'oreille, il avait d'abord entendu sa mère pleurer dans la chambre d'à côté.

Leur sommeil avait été troublé par Max, qui avait tant bien que mal rampé par la fenêtre de leur chambre et les avait réveillés. Il avait affirmé être porteur d'un message de la plus haute importance : il lui était essentiel de leur dire que leur fils était quelqu'un de grand et de très noble, et que c'était son meilleur ami, et qu'il avait justement décidé de tout partager avec lui pour le restant de ses jours.

La mère s'était empressée de demander à Max de rapidement rentrer chez lui, avant que le père n'explose. Mais la tendresse de Max envers le genre humain était bien trop grande cette nuit-là. Il s'assit sur le lit et serra avec gratitude le pied du père de Tom, qui dépassait de la couverture. Le droit, bien sûr – celui qu'on serre pour remercier.

Max souhaitait – aussi sincèrement que possible – dire merci. Parce qu'il avait cru comprendre que les deux bouteilles de whisky amenées par Tom étaient un cadeau de son père, il voulait profiter de l'occasion pour donner de la voix à sa gratitude et assura qu'un si généreux et si noble geste n'était en aucun cas passé inaperçu. Bien au contraire, cela avait déclenché une avalanche de sentiments forts qu'il avait l'intention d'exprimer librement, et c'est pourquoi il avait voulu voir le père de Tom. Max avait ressenti un besoin indomptable de trouver le généreux donateur et d'embrasser ses pieds.

Le père de Tom avait violemment retiré son pied et avait bondi hors du lit, fou de rage. C'est à peu près à ce moment que la mère avait commencé à pleurer. D'abord doucement – mais ça allait empirer.

Voilà que le père se tenait devant Max – tremblant de colère. Mais Max ouvrit les bras et prit sur lui la responsabilité de ce que les parents n'avaient pas encore découvert : que le pull, le pantalon blanc et probablement aussi les belles chaussures de leur fils soient couverts de clafoutis ne pouvait en aucun cas être imputé à Tom. Max était le seul fautif, car c'était son vomi à lui. C'était lui le responsable, de tout ! Il ne voulait pas même jeter la pierre au whisky.

C'était la seconde fois que Max osait le mot « whisky ». Et dans certaines circonstances, quand on emploie ce mot à un moment précis, d'une voix forte – presque comme une explosion – il peut se montrer difficile de le faire venir seul.

Max régurgita de nouveau – sur le pyjama du père, et aussi pas mal sur ce si coûteux tapis tissé à l'étranger par des enfants malheureux, dont les motifs se confondaient bien avec le vomi.

Max fut jeté dehors, et Tom reçut une fessée mémorable.

Cela n'était pas si rare.

C'est ainsi que s'est déroulée la nuit au cours de laquelle Max but de l'alcool pour la toute dernière fois de sa vie. Certains éléments ont pu m'échapper, des détails de moindre importance – il a pu vomir sur la mère aussi, je ne dis pas.

Mais en gros, c'est exact.

Promis juré.

VIII

Où l'on est en droit de se poser la question : l'amitié est-elle une voie à sens unique ? Et si une seule des deux parties est au courant, la collision est-elle inévitable ?

Ah, putain !

On peut résumer ainsi, de façon concise, le déroulement des événements de la nuit jusqu'à ce meurtre inéluctable.

Tout s'était pourtant si bien passé au cours de toutes ces années qui avaient suivi le naïf sentiment d'omnipotence de la jeunesse. Les écarts sentimentaux s'étaient fait rares et avaient presque fini par disparaître. Max avait eu droit à la reconnaissance en misant sur ses compétences plutôt que sur son côté mielleux. Après un nombre suffisant de leçons, on finit par piger le truc. Et encore heureux – on ne gagne rien à se laisser mener par les sentiments. Je parle d'expérience.

Malheureusement, Max conservait des points faibles. Il n'en avait pas beaucoup, et tous étaient liés à son vieil ami, qui a fini comme on le sait – Premier ministre.

Cette nuit fatale… ou si vous me laissez employer un terme plus soutenu : « ceste-la » nuit fatale. Je concède que l'expression est un peu vieillotte, mais « ceste-la » rend la nuit fatale un peu plus fatale encore que « cette ». Donc :

Ceste-la nuit fatale avait commencé pour Tom par une soirée marquée d'une politesse ennuyée. Dans le jardin de Marienborg, la conversation avec le secrétaire d'État américain traînait en longueur. La journée s'était plutôt bien déroulée, les négociations avaient été principalement menées par des fonctionnaires et les deux VIP avaient pu manifester le summum du professionnalisme à leur niveau : la présence. La soirée fut consacrée à un débat informel devant la cheminée.

À l'instant où ils s'étaient assis, les choses avaient mal tourné.

Rien d'énorme, mais assez pour établir que ces deux-là ne seraient jamais sur la même longueur d'onde.

Pour peu que cela soit utile, précisons que Tom était une personne tolérante. Il était clair que les deux hommes ne pouvaient se permettre d'avoir le même point de vue sur une présence nucléaire en zone groenlandaise – c'est-à-dire danoise. Soit – la politique consiste à travailler avec des différences. Mais quand l'Américain demanda quelques glaçons dans son verre de Glenfiddich pur malt 30 ans d'âge, il fut évident qu'ils n'avaient pas les mêmes valeurs.

L'homme eut droit à ses glaçons, bien sûr – mais Tom reposa son propre verre sur le plateau et s'excusa. Il était écœuré.

Il replaça personnellement la bouteille dans la vitrine.

Impossible de dire si l'Américain perçut la moindre fausse note. De toute façon, il jouait la partition pratiquement tout seul – et apparemment cela lui convenait parfaitement.

Il s'agissait d'un problème de commandement, expliquait-il. Le travail d'équipe était essentiel – c'était ça, la matière première ! On pouvait s'assurer la loyauté de ses collègues en prenant toujours soin de dialoguer, tout en s'efforçant de garder le *leadership*.

Parallèlement à son emploi de secrétaire d'État, l'homme était philosophe autodidacte – originaire de l'Alaska, où les chiens devant le traîneau n'étaient pas attachés en éventail comme au Groenland, mais en une longue file indienne. Cette précision peut sembler inopportune, mais elle est utile pour comprendre la métaphore du secrétaire d'État en ce qui concerne le commandement.

« La vie est comme un attelage de chiens de traîneau ! professait-il, tandis qu'il reposait sa nuque contre l'appui-tête du fauteuil et suçotait le whisky d'un glaçon. Si l'on ne s'assure pas d'être le chien de tête, le paysage reste toujours le même, à savoir l'arrière-train du chien juste devant ! »

La soirée semblait longue à Tom, qui jetait des regards en coin à l'horloge.

L'invité avait assisté la veille à une représentation de gala au Théâtre Royal. C'était la première fois qu'il assistait à un ballet.

« Ces jeunes danseuses de ballet, là, disait-il, elles dansent tout le temps sur la pointe des pieds.

Pourquoi n'engage-t-on pas tout simplement des femmes plus grandes ? »

Il était tard quand Tom accompagna enfin le secrétaire d'État jusqu'à la chambre d'amis où il l'abandonna avec une pile des meilleurs Carl Barks – en américain.

Un instant plus tard, il avait attrapé la bouteille de Glenfiddich. S'il voulait avoir la moindre chance de mettre Max au pas, il fallait jouer sur sa corde sensible : la nostalgie. Cela aurait bien mieux marché avec du Johnnie Walker Red Label, mais Marienborg n'était pas bien fourni côté alcool moyen de gamme. Et bon, en l'occurrence, du whisky, c'était toujours du whisky !

Il se glissa par la porte du jardin. Si quelqu'un l'avait vu, il n'aurait eu aucune raison de s'étonner qu'il eût besoin d'un peu d'air frais après être resté assis à parler une langue étrangère toute une soirée.

Tom avait toujours été agile. Comme tant d'autres personnes jouissant d'une position de haut niveau, il avait eu tout le loisir de faire du sport pendant que d'autres faisaient son travail. Et de toute façon, ce n'est pas bien difficile de sauter par-dessus le mur du parc pour sortir – dans une zone où le rôle de la sécurité est d'empêcher les gens d'entrer !

Max était déjà arrivé – bien en avance. La Mercedes noire était garée derrière la remise à bateaux, il n'avait pas tenté de la cacher. C'était le milieu de la nuit, la vieille cabane était dans l'ombre de la location de canoës toute neuve, cela devait bien suffire.

L'endroit était loin d'être envahi par les témoins. Un peu plus loin vers le lac, il avait vu un feu de camp. Il savait qu'il y avait un refuge pour les scouts, et de jeunes gens se trouvaient sans doute autour du feu, chantant des chansons mélancoliques et politiquement correctes. Ou alors il y avait un stage pour les chefs de groupes, et ils étaient tous pleins comme des huîtres. Bref, rien à signaler.

Max avait patiemment attendu. Il avait jeté un coup d'œil alentour – l'endroit n'avait pas tellement changé au cours des années. Le manque d'entretien se faisait sentir, mais dans les grandes lignes tout était resté en l'état. Il n'y avait plus autant de kayaks. La plupart d'entre eux avaient été déplacés dans le nouveau bâtiment, mais il en restait trois empilés contre le mur. La table avec les tiroirs était toujours là – quelques caisses traînaient un peu partout, et puis il y avait ces fameuses piles de journaux. Même la station et les ballons météo étaient intacts – bien que poussiéreux. Et le cadenas ne valait pas le détour. C'était déjà le cas autrefois, mais cette fois il avait franchi le pas et purement et simplement disparu.

Le gros tonneau de récupération d'eau était toujours en place lui aussi. Le couvercle était cassé, et tout au fond stagnait une couche de quelques centimètres de liquide visqueux et malodorant.

Max s'assit à la table et attendit.

Ce n'est pas Tom qui attira tout d'abord son regard, mais une bouteille de whisky. Il ne l'avait pas entendu arriver et fut un peu surpris lorsque la porte s'entrouvrit et qu'une main portant la bouteille apparut.

« Whiskyyyyyyy ! » C'était bien la voix qu'il avait entendue pratiquement toute sa vie. La bouteille précédait Tom de peu. Ses yeux brillaient comme autrefois, et son sourire…

Pas le sourire du Premier ministre – celui de l'ami. Max lui pardonna immédiatement d'être en retard.

Max n'arrivait jamais en retard, lui. Mais il n'avait pas ce genre de sourire, il ne pouvait donc pas se permettre d'être en retard.

Il soupira à la vue de la bouteille de whisky, mais ne put s'empêcher de sourire à son tour.

« Tom, espèce d'idiot ! Tu sais que je ne touche plus à l'alcool. »

Aucune raison d'en parler davantage. Ils se rencontraient parce qu'il y avait le feu au lac, et qu'il fallait faire quelque chose.

« Tom, commença Max, mais il n'alla pas plus loin.

— J'ai fait ce que j'ai pu ! rit Tom. J'ai fait toutes les armoires, il n'y a pas de Johnnie Walker à Marienborg. »

Max avait seulement eu besoin d'un coup d'œil sur la bouteille. Son instant de faiblesse d'autrefois l'avait empêché d'acquérir la même expertise que Tom à propos de beaucoup des bonnes choses de la vie. Mais il savait reconnaître la bouteille, c'est la moindre des choses.

« Glenfiddich ! constata-t-il.

— Oui, c'est un peu ordinaire… » s'excusa Tom.

Et ça, c'étaient des foutaises, même moi je le sais. Un Glenfiddich 30 ans d'âge n'a rien d'ordinaire. La marque a simplement été trop largement commercialisée. C'est ce qui l'a vulgarisée, et les gens qui n'y connaissent rien choisissent de la regarder de haut pour ne pas se sentir ridicules. Ils jettent un regard à la bouteille triangulaire qu'ils ont déjà croisée au supermarché, et esquissent un sourire indulgent. Sans savoir qu'on parle ici d'un 30 ans d'âge pur malt de Gordon & MacPhail, d'Elgin – un *double wood*, qui à travers les années a reposé successivement dans des fûts de sherry et de bourbon !

Mais Max n'avait pas l'intention de s'attarder sur ces détails.

« Personne ne m'a vu filer du centre Bella, assena-t-il avant de trancher dans le vif du sujet. Les Américains, ils disent quoi ? On peut les faire patienter ? »

Tom avait ouvert la bouteille, et reniflait le goulot avec un sourire taquin à l'attention de Max. Max le nota, mais ne réagit pas.

« OK, reprit-il. Thulé ! Il n'y a aucune raison de commencer à discuter, vu que… »

Il fut coupé dans son élan.

« Ils ont laissé la cabane tomber en ruines, hein ? »

Tom posa la bouteille de whisky et fit un petit tour des lieux. C'est à ce moment que Max commença à se méfier. Il y avait anguille sous roche !

Son ami voulait uniquement parler d'*autrefois*. Pourquoi donc ?

« Guerre des étoiles ou pas guerre des étoiles ? tenta encore une fois Max. Il y a aussi notre politique intérieure. Le gouvernement territorial de Nuuk…

— J'ai pris cette bouteille en souvenir de notre amitié, Max. Je suis ton meilleur ami – tu te souviens que tu as dit ça ? »

Tom fixait Max de ses yeux bleus et sincères et oui, Max s'en souvenait. C'était longtemps auparavant.

« Tiens, et si on se faisait une balade en barque un de ces jours ? Comme au bon vieux temps ! »

Tom agita un doigt vers les kayaks contre le mur. Max le suivit attentivement du regard.

« On a peut-être juste une petite affaire dont on devrait se débarrasser avant, tu ne penses pas ? »

Apparemment Tom ne le pensait pas, puisqu'il continua sur le même ton badin en sortant sur la terrasse en bois.

« Et la station météo est toujours là ! lança-t-il, ravi, comme s'il n'était pas passé devant en arrivant. Tu crois qu'elle fonctionne encore ? »

Max resta patiemment près de la table, mais il entendit Tom ouvrir péniblement la porte grinçante de la station météo.

« Dis donc, tout est encore là ! Les bouteilles d'hélium, les ballons météo…

— Tom, bon sang ! » Max en avait assez. Ils ne s'étaient pas rendus périlleusement à une réunion top secrète pour babiller à propos des jours passés. Sa voix avait adopté quelque chose de tranchant qui fit taire Tom. Le rapport de forces entre eux n'était pas et n'avait jamais été égal, et quand c'était nécessaire, Max savait le laisser entendre.

Tom, obéissant, revint près de la table.

« Je suis désolé, Max…

— Attends ! Les téléphones ! »

Ils sortirent tous deux leurs mobiles et les jetèrent sur la table. En deux morceaux. Les appareils n'étaient pas seulement éteints, la batterie était enlevée. Pure routine lors des pourparlers qui ne devaient en aucun cas être entendus.

Quand Max m'a parlé de ça, je n'ai pas accordé beaucoup de poids à ce petit détail – erreur ! Je me dois de demander aux lecteurs de ne pas commettre la même bévue. Cette question de téléphone va se révéler être un facteur décisif dans toute notre histoire, histoire qui à vrai dire n'a pas encore réellement commencé.

Quand un téléphone mobile est assemblé et allumé, il peut être tracé. Même si l'on ne l'utilise pas. Il se branche tout simplement de lui-même à une antenne-relais – ping – et on sait où il se trouve. Parfois, il peut même être retrouvé par des gens talentueux quand il est éteint. Mais si la batterie est retirée, il est comme mort, et on évite les ennuis.

C'est pourquoi il était habituel pour eux de jeter leurs téléphones démontés sur la table. Max poussa chaque éléments dans un tiroir pour faire de la place.

Puis il resta assis, bras croisés, et attendit. Tom était resté debout – il était un peu plus nerveux, car il devait sentir l'humeur de son ami et se rendait compte qu'il ne pouvait plus tourner autour du pot. Il se décida enfin à parler sans détour.

« On est dans un cul-de-sac, pas vrai ? »

Max acquiesça – c'était le moins qu'on puisse dire.

« Alors il faut sortir de ce cul-de-sac ! » répondit Tom, résolu.

Max n'avait jamais pu supporter quand les politiques souhaitaient exposer leur capacité d'action. C'est si rarement accompagné de bon sens.

« Bordel… commença Max, d'une voix lente et fatiguée. D'où t'est venue l'idée de parler à ta femme toi-même ? Tu aurais dû lui dire de m'appeler ! »

C'était tout à fait vrai, bien sûr, et Tom le savait bien. Mais s'il est une réaction naturelle pour chacun, c'est bien de se défendre. Tom demanda comment diable il aurait pu d'abord la mettre en contact avec Max, qui était barricadé au centre Bella en train de veiller à ce que le ministre des Affaires étrangères ne fasse pas une bourde plus grosse que lui.

« Peu importe, répondit Max. S'il y a un problème, il faut *toujours* que Lajla m'appelle en premier, tu le sais, non ?

— Je suis dedans jusqu'aux oreilles avec cette histoire de radar de Thulé ! plaida Tom, désespéré. Ils m'agitent un poste haut placé à l'OTAN sous le nez, et je ne serai pas Premier ministre éternellement, tu comprends ? Mais pour le moment, je ne peux pas dire oui aux Américains sans perdre tout mon crédit auprès de la population. Et au beau milieu de ça – Lajla appelle !

— Oui, il paraît… » dit Max d'un ton aimable en se levant. Il alla s'adosser à la cloison.

« Et maintenant – après l'affaire du canapé… À ton avis, il est comment ton crédit auprès de la population ? »

Tom baissa les yeux et se tut. Il le savait : ce sont des histoires comme ça qui vous renversent un gouvernement.

On peut partir en guerre contre d'autres pays, édicter des lois asociales et établir des sanctions injustes dans le monde entier, causant la mort d'innombrables enfants et vieillards – peu importe ! Mais si les électeurs prennent la mouche… Le gouvernement tombe !

Il ne manquerait plus qu'il ait fait construire une palissade au noir ou forcé sur une note de taxi. Mais le coup du canapé se suffisait à lui-même.

« Ce canapé, c'est du poison, Tom !

— OK, c'est du poison – mais il se trouve que je suis déjà marié* ! »

Max lui lança un regard plein de pitié. La tentative d'humour était aussi pitoyable que ratée.

Il sentait que le moment était venu.

C'était maintenant qu'oncle Max devait calmer le jeu, annoncer sa brillante solution et donner ses instructions si réfléchies. Comme d'habitude.

Il s'était presque réjoui à l'idée de cet instant, quand il regarda Tom droit dans les yeux et dit d'un ton neutre :

« Démissionne, Tom !

— Qu'est-ce que tu dis ? »

Tom était à la fois surpris et effrayé – dans le mille ! « C'est exactement ce qu'on veut éviter ! » protesta-t-il, choqué.

Max secoua la tête.

C'était toujours cette phase qu'il attendait. Le maître dévoilait son plan pendant que le disciple, plein de respect, était à ses pieds – une scène merveilleuse. À chaque fois !

C'était le même sentiment que tout Danois ressentait – peut-être sur un plan un peu plus populaire – quand

* En danois, « marié » et « poison » sont homonymes…

Egon Olsen* en son temps recalait son bout de cigare et, accompagné d'une Tuborg décapsulée, expliquait à ses deux compagnons stupéfaits comment était ficelé son plan génial.

En ce qui me concerne, en ma qualité de braqueur de banques, j'ai beau travailler le plus souvent seul, je connais ce sentiment. C'est un instant de fierté, quand le plan est révélé – ça vous remplit de satisfaction, et de sérénité exaltée.

C'est ce que Max avait ressenti cette nuit-là.

« Ne focalise pas sur *partir*, Tom. Focalise sur *revenir* ! »

Tom le fixait sans comprendre, impuissant et troublé. C'était comme ça que ça devait se passer – cela faisait partie de la récompense.

« Voilà le plan. Tu écoutes, hein ? »

Tom acquiesça.

« Tu démissionnes – oui, tout le gouvernement démissionne – mais tu laisses traîner la procédure autant que possible. Je t'écris une déclaration à propos d'une *dissolution digne et convenable*. J'ai besoin de temps ! »

Tom ne suivait pas encore complètement. Heureusement !

« Si tu penses que c'est la seule chose à faire, alors pourquoi ne pas l'expédier rapidement ? »

Max s'autorisa un sourire indulgent – il sentait qu'il avait de la marge.

* *Olsen Banden*, série de films comiques très connus au Danemark, racontant les aventures de trois braqueurs aux plans alambiqués et improbables.

« Parce qu'il me faut le temps de faire le tour de tous les ministères et départements, expliqua-t-il patiemment. Il faut que je lance de vastes changements administratifs et que je programme des réductions de budget dans un maximum de domaines humanitaires sensibles. »

Il s'assit tranquillement sur la table et attendit la question qui *devait* arriver.

« Et tu dois faire tout ça pour... quoi ? »

La voilà ! Max était comme un cochon dans un bain de boue.

« Des bombes à retardement ! expliqua-t-il. On les met en place maintenant, mais les conséquences ne se verront qu'une fois que l'opposition sera au pouvoir. Je peux t'assurer que ce sera le gouvernement le plus haï de tous les temps ! Toi et moi, on sera de retour avant un an et demi. »

Voilà ! Le plan était là – clair comme de l'eau de roche et imparable. Tom hochait la tête lentement. Il voyait bien que tout se tenait.

« Donne-moi quinze jours ! » conclut Max.

Tom lui lança un regard rapide. Et effrayé.

« Je peux pas faire ça ! Je ne peux pas tenir les Américains pendant quinze jours ! »

Max soupira encore. Fallait-il vraiment tout expliquer ?

« Laisse tomber Thulé ! Laisse les autres se débrouiller avec ce foutoir.

— Et ce poste haut placé à l'OTAN ? » Il y avait un soupçon de panique dans la voix de Tom. « Comment je le garde sous le coude ? »

C'est fou la patience que ça demande, s'était dit Max.

Mais il s'était maîtrisé.

« ... C'est le prix qu'il faudra payer, Tom. Tu ne peux pas t'attendre à t'en sortir sans dommages. »

Tom n'avait pas l'habitude de payer le prix. Il n'était pas programmé pour, non plus. C'est pourquoi il saisit le taureau par les cornes et fit front – avec une profonde inspiration.

« Max... Je refuse ! »

Il s'était préparé à rencontrer le regard de Max, et il put observer à quel point ce regard s'assombrit quand la patience atteignit ses limites.

« Mais bordel, t'as pas le choix, Tom ! » hurla Max. Il était déjà arrivé par le passé qu'il lâche le frein et fasse grimper son charisme au rang de colère irrépressible. Mais c'était la première fois que cette colère était dirigée vers le Premier ministre.

Tom baissa les yeux et recula un peu.

Max se calma. Ça avait peut-être été un peu excessif.

« *J'ai déjà* bien réfléchi à tout ça, Tom, ajouta-t-il plus calmement. Je n'ai pas d'autre solution à te proposer. »

Tom se tourna lentement vers lui.

« Laisse-moi juste voir si je ne peux pas gérer ça tout seul. »

Après son accès de colère, Max ne put s'empêcher de sourire. C'était justement le genre de choses que Tom *ne pouvait pas* gérer tout seul.

Mais il voulait essayer !

« Tu ne pourrais pas essayer de parler au chef de la police ? demanda-t-il plein d'espoir. Voir s'il ne veut pas prendre la responsabilité ? Tu pourrais l'amadouer avec une retraite anticipée et un gros chèque. Et plus, si tu penses que c'est mieux ! »

Max secoua la tête, résigné. Il avait déjà essayé. Ça faisait déjà un moment – une discussion inutile !

Il avait téléphoné au chef de la police nationale, qui n'avait pas dit un mot pendant que Max exposait la situation. Est-ce qu'on pouvait s'attendre à un coup de main de sa part ?

On ne pouvait pas.

« Mais vous êtes malades ! »

Ça avait été sa seule réaction.

Il était allé jusqu'à faire appel à son sens patriotique, mais en pure perte. Il est vrai que le gouvernement était sur le billot – mais le chef de la police aussi. Et il se souvenait très clairement de la discussion à propos du sofa, où le Premier ministre n'avait pas tenu compte de ses protestations – et avait lui-même pris la responsabilité.

Il avait même demandé à avoir cet ordre par écrit.

« Oui, avait alors dit Max avec un sourire carnassier, certes peu utile lorsqu'on parle au téléphone. Mais est-ce que tu l'as eu par écrit, cet ordre ? »

Il y eut un silence au bout du fil. Max hocha la tête pour lui-même, satisfait. Comme c'était facile – échec et mat en quelques coups ! Il ne lui restait plus qu'à ajouter aimablement qu'il comprenait que ça soit dur à avaler, mais qu'il n'y avait pas grand-chose à dire de plus.

« Tu veux bien être gentil et convoquer toi-même la presse, s'il te plaît ? »

Il s'apprêtait à raccrocher sans dire au revoir quand il entendit la voix maîtrisée avec peine du policier.

« Max, dit-il, tu parles à la police. Il y a des ordinateurs branchés à chacun de nos téléphones. J'ai un enregistrement de chaque discussion. J'en ai aussi un de la fois où le Premier ministre a écarté mes protestations et m'a donné un ordre direct – et a pris lui-même la responsabilité. »

Le silence avait déménagé de l'autre bout du fil.

Ce fut l'une des pauses les plus longues de l'histoire de la compagnie de téléphone – les actionnaires devaient se frotter les mains. Puis Max dit d'une voix froide et contenue :

« Tu es un trou du cul, Karl.

— Tu trouves, Max ? » La réponse était presque enjouée. « Fais très attention, dans ce cas : tu sais ce qui peut en sortir ! »

Voilà qui était bien trivial – le chef de la police était originaire du Jutland.

L'issue pour sortir Tom de ses problèmes était donc loin d'être tracée. Ça, Max pouvait le garantir.

Mais ça ne fit pas lâcher Tom.

IX

Où Tom trouve lui-même un moyen pour que ce qui se passe mal se passe bien. Mais ça se passe mal ! Ça aurait pu se passer bien, et c'était presque le cas – mais alors ça s'est mal passé. C'est pas bien.

« On pourrait probablement convaincre le chef de la police de dire que c'est Lajla qui l'a appelé pour lui demander un service, proposa Tom avec optimisme. Mais qu'il a cru que j'étais d'accord et tout le tintouin ? »

Il regardait Max d'un air interrogateur, mais celui-ci ferma les yeux. À quoi pouvait bien penser cet énergumène ? Il voulait jeter la pierre à sa femme ?

« Une histoire de nerfs fragiles, peut-être ? » reprit Tom.

Max ouvrit les yeux et lui lança un regard ironique.

« Et après, on envoie ta femme en récré sur Mars ? »

Tom hocha ardemment la tête.

« Exactement ! » Puis il se reprit. « Enfin… Il y a un petit coin dans le nord du Jutland. Les nerfs, ça guérit vite. »

Max soupira profondément, attrapa son vieil ami par les épaules et le regarda droit dans les yeux.

« Tom, c'est tellement mignon de te voir essayer tout seul. Mais tu ne feras jamais dire à Karl qu'il prend ses ordres de ta femme. »

Tom s'effondra. Il avait épuisé ses possibilités.

Max lui donna une tape amicale sur l'épaule et retourna s'asseoir sur la table. Il n'y avait rien à faire – Tom devait se retirer. C'était *la* solution.

Tom se tourna lentement vers lui. Il y avait quelque chose d'étrange dans son regard. Toute lueur aurait dû en être absente, mais ce n'était pas le cas. Il y avait de l'énergie – fallait-il parler d'effronterie ?

En ce qui me concerne, je connais toute l'histoire, et c'est pourquoi, je n'en doute pas une seconde : oui, il fallait. On pouvait parler d'effronterie la conscience tranquille.

« Il y a un autre moyen, Max… commença-t-il en hésitant intentionnellement. Le chef de la police se laisserait sans doute convaincre de dire que ce n'était pas moi, mais toi. Toi, qui as appelé de la part du Premier ministre et as donné cet ordre au chef de la police. »

Max le fixa, l'air incrédule. Qu'était-il en train de se passer ?

Tom continua, impassible.

« Moi, je n'ai jamais entendu parler de ça – tu as outrepassé tes prérogatives – dis donc, ce n'est pas très bien… *Tu* te retires ! »

Tom s'adossa au mur, satisfait, pendant que Max sautait sur ses jambes. Il n'arrivait pas à en croire ses oreilles.

« Tu veux me faire porter le chapeau… à moi ?!

— Du calme, Max ! rit Tom. On envisage simplement les possibilités. Et ceci en est une… Pas vrai ? »

Il souriait, avenant, à Max, qui vivait quelque chose de complètement inconcevable : il ne savait pas quoi dire.

« Tu vois, mon vieux. Je peux me débrouiller tout seul ! »

Sa satisfaction n'aurait pas pu être plus flagrante – comme chez un enfant qui vient d'apprendre à marcher (ET à parler, soyons juste).

Mais enfin, Tom n'avait jamais rien su faire seul – comment le pourrait-il tout d'un coup ?

Tom haussa les épaules. Au point où on en était, ça ne changeait rien, mais le formuler était satisfaisant.

« Je n'ai jamais eu *l'occasion* de faire quoi que ce soit par moi-même, Max. Maintenant je peux. »

Tom ne pouvait se retenir plus longtemps – et il n'y avait aucune raison de le faire. Il avait rarement eu l'air aussi sûr de lui, son sourire était radieux, au milieu d'une expression extrêmement satisfaite.

Mais pour Max, ce sourire était comme une gifle.

« Tu peux que dalle ! explosa-t-il. Tu n'as pas la capacité intellectuelle, bonhomme ! Tu n'es rien ! »

Vous connaissez la suite.

Ou alors, il va vous falloir relire le chapitre 2.

Voilà où on en était : vous savez que Max a très vite explosé. Le choc était grand, et la rage en conséquence. Max a saisi cette foutue bouteille de whisky pour l'abattre sur la tête de Tom, qui s'est effondré à terre.

Ça avait été instinctif – pas comme l'élément d'un plan établi. Mais il fallait que ça le devienne ! Et vite, pour que Max puisse revenir de ce territoire inconnu.

Un processus peut être logique, même s'il n'est pas intentionnel.

Tout était rangé et essuyé. Max avait aussi caché le corps – mais ça je l'ai déjà dit.

Maintenant, il fallait commencer à planifier à partir de la situation préétablie, et Max se sentait mieux à mesure qu'il se rapprochait d'un terrain connu.

Tom avait eu raison sur un point : s'il n'était plus aux commandes, Max non plus. Il n'y aurait pas de changement de gouvernement. Le ministre de l'Intérieur prendrait le relais – et il avait son propre *spin doctor*. Hartvigsen, qu'il s'appelait.

Malgré les années, le visage de Max se contractait de dégoût au seul énoncé de ce nom.

« Hartvigsen ! »

Le bonhomme était un sale merdeux – d'après ce que j'ai compris. Un type sacrément pénible, sur lequel personne ne s'enthousiasmerait. Malheureusement, je n'ai jamais compris où était exactement le problème avec ce type. Il y a eu à coup sûr une sorte de rivalité entre eux deux, aucun doute. Les sondages montrent que 9 *spin doctors* sur 10 pensent qu'un *spin doctor* sur 10 est un crétin.

Mais l'opposition entre ce Hartvigsen et notre Max était plus profonde que ça. Chaque fois que j'ai demandé, j'ai seulement eu droit à un tas de jurons et d'insultes, rien de concret.

Je n'ai appris qu'une seule chose sur lui, parce que cela pouvait servir à Max : Hartvigsen avait aussi une Mercedes noire. La même que celle de Max !

Celle qui était garée juste à côté de la baraque. Celle que les gosses avaient vue.

Cela devint l'un des ingrédients du plan que Max s'activait à fignoler.

Un autre ingrédient reposait en quatre morceaux dans le tiroir de la table : les deux téléphones en pièces détachées.

S'il assemblait celui de Tom, il serait immédiatement relié à l'antenne-relais à l'extrémité de Virum. À la suite de quoi il enverrait un sms à Hartvigsen pour lui demander de lâcher ce qu'il avait en main – qui qu'elle soit – et de rappliquer immédiatement pour une importante, confidentielle et très très secrète réunion derrière la location de kayaks en bas de Marienborg. L'imbécile verrait l'expéditeur du message – le Premier ministre, plus précisément –, pousserait un énorme cri de victoire désarticulé et décollerait sur l'instant. Ensuite, il resterait toute la nuit à se tourner les pouces vainement au bord de l'eau. Le lendemain, il rentrerait un peu désorienté au ministère. Peut-être même en pyjama – pouvait-on vraiment en espérer autant ? Non, pas vraiment. Malheureusement pas.

Même après, une fois que les choses se seraient déroulées d'une façon totalement différente de celle que Max avait prévue, il ne pourrait s'empêcher de ricaner à cette idée. Rien qu'imaginer comment cela aurait pu se passer le réjouirait.

Quand le jour viendrait, le cadavre serait enfin trouvé, et Hartvigsen n'aurait aucun alibi pour cette nuit-là ! Oui, il ne nierait même pas être allé à la cabane – pourquoi le ferait-il ?

La police rechercherait des témoins, les scouts entreraient en jeu, ils ont vu une Mercedes noire, et si Max avait vraiment de la chance, Hartvigsen aurait peut-être tripoté la bouteille de Glenfiddich et déposé des empreintes. L'arme du crime !

Et Max aurait depuis longtemps éteint le téléphone de Tom. Il ne le rallumerait qu'après s'être arrangé pour qu'on le retrouve… Où ? Dans le tiroir du bureau de Hartvigsen ! Hop là ! Bye bye, Hartvigsen !

Je voyais bien que tout commençait à s'assembler. C'est exactement le genre de combines que j'admire. L'homme est un génie.

Quand le ministre de l'Intérieur deviendrait Premier ministre, qu'est-ce qui alors lui ferait défaut ? Un *spin doctor* !

Qui venait justement de se libérer ? Max !

Le ministre de l'Intérieur n'était certes pas un vieil ami, mais il était encore plus bête que Tom. Sinon, il n'aurait jamais pu faire partie du gouvernement. Max ne doutait pas un instant qu'il lui mangerait dans la main dès le remaniement.

Il jubilait en mettant en marche son plan. Il sortit du tiroir les deux téléphones et s'apprêtait à remettre la batterie dans celui de Tom quand la porte de la baraque s'ouvrit.

Une jeune femme se tenait dans l'encadrement.

Très honnêtement – je ne peux pas dire « Le silence s'abattit ! », parce qu'il était déjà là. Je ne peux pas non plus dire que ce fut encore plus silencieux que ça ne l'était, parce que silencieux, c'est silencieux, et ça ne peut pas le devenir encore plus. Ce n'est pas cumulable – une notion absolue ne peut pas devenir encore plus absolue.

Il y a autre chose qui me rend dingue, c'est quand les présentateurs télé ou même les gens ayant un certain goût pour la langue trouvent le moyen de décrire quelque chose comme « aussi optimal que possible ». Ou quand ils affirment que quelque chose est « la solution la plus optimale ». Si quelque chose est optimal, ça ne peut en aucun cas le devenir davantage… Pardon ! J'admets que le moment est très mal choisi pour une parenthèse linguistique. Mais soyez-en sûr, je n'abandonne pas ! Je trouve que c'est essentiel !

Le moment ne s'y prête effectivement pas. Il n'est ni optimal, ni encore plus, ni même potable.

À la table de la remise, il y a un homme en état de choc avec une batterie de téléphone portable dans la main, et sur le seuil de la porte ouverte une jeune scoute éberluée. C'est le milieu de la nuit, le cadavre est soigneusement planqué. Ce n'est donc pas le moment de parler linguistique, c'est clair.

Donc, cela devint aussi silencieux qu'il est possible d'être silencieux.

Les deux se fixaient mutuellement. Impossible de dire lequel fut le plus surpris. Max n'était pas du tout préparé à prendre en compte l'existence d'un témoin – pas du meurtre, mais de sa présence. Et la fille était tout aussi choquée – elle ne s'était pas attendue à ce qu'il y ait quelqu'un dans la cabane.

Ils se regardèrent, stupéfaits. Longtemps.

« Bonjour ! » dirent-ils alors exactement en même temps. C'est pratique – on gagne du temps.

Et puis le silence fut de retour.

La fille sourit aimablement. C'est donc qu'elle avait le dessus.

« Je m'appelle Signe », dit-elle alors.

Il acquiesça.

« … C'est gentil de ta part. »

C'était tout ce que Max avait trouvé à dire. Et pourtant, il était plutôt vif d'esprit, normalement.

Il continua simplement de la fixer comme si elle allait s'estomper et disparaître. Ce qu'elle ne fit pas – elle était là, en chair et en os.

Signe était en plein dans la vingtaine. Pas plus. Mais surtout pas moins. Elle n'était pas spécialement grande. Je ne peux pas préciser sa taille au centimètre près – je ne me balade pas avec un mètre. Et de toute façon je n'y étais même pas – tout m'a été raconté. Mais j'ai rencontré la fille par la suite, et elle était clairement plus petite qu'une personne de, disons, 1 mètre 78. Elle portait un jean, mais son haut était un uniforme de scout. Et ça lui allait bien ! Pas du genre à faire tomber les gens à la renverse ou à leur faire crier wooooow, elle est super canon ! Mais elle était mignonne. Vraiment solidement mignonne. Il en faut, des comme ça.

La première chose que Max chercha à découvrir, une fois assez rétabli pour chercher à découvrir quoi que ce soit, fut : était-elle du genre influençable ? Était-elle manipulable ?

Elle l'était !

Il n'en doutait pas, même si l'uniforme pouvait tromper. Les gens en uniforme ont toujours l'air plus bête – vous savez de quoi je parle si vous avez déjà vu une interview avec un quelconque colonel décoré.

« Je suis chef de patrouille scout, expliqua-t-elle. Je crois que j'ai oublié mon portable. »

Les facultés intellectuelles de Max commençaient à revenir à la normale. Un portable ? Il s'empressa d'enfoncer celui de Tom et le sien dans sa poche.

« Toute la bande est allée pagayer cet après-midi, et après on est restés un peu ici, reprit la jeune femme. J'ai dû le poser quelque part. »

Horrifié, il la vit commencer à fureter un peu partout.

Un portable…

« Il est rose ? demanda-t-il, en se dirigeant vers la fenêtre.

— Non, plutôt du genre *pink*. »

Il saisit l'horreur rose et allait la lui donner… Mais à ce moment-là, tout partit de travers. Sévèrement, en plus !

Signe donna un coup d'épaule involontaire dans le kayak le plus haut de la pile, qui roula jusqu'à se retrouver à l'envers. De cette façon, l'ouverture se trouvait vers le bas. Et un bras pendait par le trou.

Je doute que grand-monde ait vécu ce genre de situations. C'est une situation très, très malencontreuse. On est obligé d'expliquer ce que le bras fait là, à qui il appartient, comment il est arrivé là… et tout le tremblement. Une situation peu commode.

Signe se figea, le regard fixé sur le bras qui pendait. Fort heureusement, Max échappa à la paralysie, cette fois. Il s'empressa de redresser le kayak et de replacer le bras dedans – ce qui se révéla un peu difficile, parce que la manche s'accrocha au rebord.

Et voilà qu'ils en étaient de nouveau à s'observer. Ça devenait une habitude. Max essayait de faire comme si de rien n'était.

Pouvait-il lui faire croire qu'il s'agissait d'une illusion d'optique ?

Ben non.

« C'était un bras ! » dit-elle. La fille avait apparemment un certain sens de l'observation.

Voilà qui était difficile à contourner.

Max réfléchissait si fort que ça grinçait. Puis il décida de tenter sa chance en se fiant à sa première impression de la fille : ça n'allait pas chercher très loin.

« Chhhhhhut ! » dit-il en posant un doigt sur ses lèvres. Il l'éloigna d'un geste paternel du kayak. « Il ne faut pas faire de bruit, pour ne pas le réveiller. »

Elle était bouleversée. Effrayée ?

« Réveiller qui ? demanda-t-elle d'une toute petite voix. Le bras qui vient de tomber du kayak ? »

Max confirma de la tête.

« Il est complètement crevé. »

Signe le regarda sans comprendre. Qui était crevé ? Il y avait un cadavre dans ce kayak, elle ne pouvait pas en douter !

« Il était en train de le calfeutrer – de l'intérieur ! » Max était à la limite de ses capacités créatives. « Il est très soigneux, il veut tout faire lui-même. »

Elle resta là à le fixer, et il sentit qu'il devait gaver son cerveau d'explications, histoire que le cerveau ne tente pas d'en trouver par lui-même.

« Et voilà qu'il a dû s'endormir là-dedans ! Il était complètement crevé ! »

Parfois, les longues explications aggravent la situation. On s'enfonce de plus en plus alors que l'idée de base est à l'opposé.

« C'est un professionnel du kayak, tu comprends. Il a fait le tour du Furesøen toute la journée. Plusieurs fois ! »

Elle le regarda avec méfiance, mais c'était quand même comme si une sorte de compréhension commençait à passer.

« Oui, reconnut-elle, on était pas mal fatigués, nous aussi, au retour du kayak avec la troupe. »

Max s'illumina. Ça mordait !

« N'est-ce pas ! Et tu comprends, quand on est un professionnel, on est vraiment, vraiment fatigué ! »

Il sourit et ouvrit les bras, avec un air résigné.

« Mais il voulait absolument le calfeutrer avant de finir sa journée. Honorable ! Et alors… mais je le laisse dormir encore une heure avant de le réveiller. »

Et voilà qu'il était de retour – le silence.

« Vous êtes son coéquipier ? voulut-elle savoir. Ou vous êtes l'entraîneur ?

— Je suis son… » Oui, d'ailleurs, il était quoi ? « Je suis son conseiller, on peut dire. Je jalonne le parcours, ce genre de choses. »

Elle acquiesça, l'air pensif. Un bon moment. Lentement. Il trouva qu'il se passait beaucoup de temps entre les acquiescements.

« À la base, j'étais juste venue chercher mon portable.

— Le voilà ! » Il lui tendit brusquement le téléphone portable rose. En plus, ce serait la honte de l'avoir à la main si quelqu'un passait.

Il n'y avait a priori plus rien qui empêchait la jeune fille de passer son chemin. Elle le voyait bien elle-même, et elle fit un signe de la tête avant de prendre le sentier jusqu'à la rive. Elle avait l'air un peu désorienté.

Au bout d'un moment, elle se tourna et fit un signe de la main. Il le lui retourna.

Puis elle disparut entre les arbres.

Aurait-il dû la tuer ?

Bien sûr que non, il n'aurait pas dû la tuer – il n'était pas un meurtrier ! Max éloigna l'idée avec indignation.

Il est vrai qu'il venait d'assassiner le Premier ministre du pays, mais il ne le considérait pas comme un acte faisant de lui un meurtrier. Il y avait une affaire tout à fait personnelle entre lui et Tom.

Mais c'était une histoire bien fragile qu'il venait d'inventer. Elle ne cassait pas des briques !

Dans la précipitation, il n'avait pas pu trouver mieux. C'était honteux, et il ne put s'empêcher de se demander s'il commençait à vieillir.

La fille avait visiblement gobé l'histoire sans rechigner, mais elle était encore sous le choc, et quand elle rentrerait chez elle et commencerait à réfléchir…

Il secoua la tête, résigné. Ça ne passerait jamais !

Mais d'un autre côté… Elle avait l'air très naïf. Y avait-il un QI moyen chez les scouts ?

Non, c'était un espoir stupide. Personne n'est aussi bête !

Le désespoir recommença à le remuer. C'était à l'eau pour l'autre Hartvigsen – il fallait revoir le plan tout entier ! C'était comme un défi, et il n'avait rien contre les défis. Bien au contraire. C'était bon pour la circulation sanguine.

Non, le plus grave, c'était qu'elle l'avait vu !

Ses petits scouts avaient seulement vu une Mercedes noire, mais elle, elle l'avait vu lui, Max !

Dans la vieille remise.

Cette nuit-là.

Ce qu'il aurait fallu faire, bien sûr, c'était la tuer elle aussi – pourquoi pas, il restait deux kayaks libres. Mais premièrement, comme mentionné précédemment, il n'était pas un meurtrier, et deuxièmement, cette fille avait quelque chose. Un rayonnement particulier. Elle n'avait pas l'air du genre de fille qu'on assassine.

Reste que la situation avait radicalement changé. La jeune Signe l'avait vu dans la cabane, et il ne fallait donc sous aucun prétexte que le cadavre soit trouvé là.

« Qu'est-ce que je vais bien pouvoir faire de ce satané cadavre ? »

Désespéré, il frappa le chambranle de la porte de son poing serré, et le kayak se retourna une nouvelle fois.

Le bras de Tom sortit encore et tapa contre le bord de la table.

Max eut un choc et fit volte-face en hurlant vers le kayak, hystérique :

« Tu veux bien arrêter, j'essaie de me concentrer !! »

Alors Max s'assit et commença à pleurer.

LA DESCRIPTION DES PERSONNAGES

Ceci est la partie démonstration. Au lieu de raconter en long et en large à quel point mon personnage principal est doué, je préfère le démontrer. Je vais vous donner un aperçu de la façon dont le maître travaille.

Mais d'abord, il faut qu'il se remette du choc, bien entendu. Ensuite, nous le verrons tourner à plein régime.

Comment se débrouiller lorsque son talent consiste justement à se débrouiller ?

On peut imaginer à quel point il est important pour un meurtrier d'éviter que quiconque se rende compte qu'il est le meurtrier. Il s'agit bien entendu de circonstances un peu particulières, mais en réalité, ce n'est pas si différent : la vérité ne doit apparaître qu'une fois remaniée.

Et c'est exactement ce que Max avait toujours su faire !

À sa place, une fois qu'ils n'ont plus pied, d'autres cherchent à retrouver la terre ferme – ils reviennent à la réalité, si l'on veut. Les pieds bien sur terre. Max, au contraire, accepte ce nouvel élément, et s'en accommode. Ici, il faudra flotter ou nager

– parfois aussi boire la tasse. Mais jamais trop longtemps à la fois !

On pourrait intituler cette partie « enseignement », et il serait tentant d'avancer que nous allons avoir droit à un passionnant duel entre naïveté et cynisme.

Mais non – le combat serait trop inégal. Au lieu de ça, nous aurons simplement à nous installer confortablement pour savourer les talents de stratégie du meneur de jeu. De la même façon que les peuples du Sud observent attentivement les finesses du torero jusqu'à l'inéluctable issue de la joute.

Cette seconde partie se base également sur les récits d'autres personnes. Le compte rendu n'en est pas moins fiable pour autant, car, pour tout dire, mes sources sont bien plus honnêtes que moi-même. Me faire partisan du moindre effort m'irait très bien.

C'est le contraire qui serait idiot.

Étant donné que cette partie du récit porte le titre de « Description des personnages », j'en devine qui secouent la tête et se disent : hou hou ! Il n'y a que deux personnages – Signe et Max ! C'est pas un peu léger ?

Non ! Premièrement : ne serait-ce que les personnages principaux, leur nombre vient de doubler ! C'est passé de un à deux. Et ensuite, ces deux personnages représentent deux extrêmes de la nature humaine. Mais leur position entre ces deux points n'est pas statique.

Dieu merci !

Parce que dans un monde où la mesure se fait de plus en plus rare, où les écarts ne cessent de se creuser, à la fois entre les gens et leurs conditions de vie, c'est exactement dans ce genre de constats que nous trouvons ce qu'il reste d'espoir à l'humanité.

Enfin, je crois.

X

Dans lequel le plan de haute volée concocté par Max ne comble pas ses attentes, et où il doit se résoudre à redéfinir son œuvre. Il n'y a que deux solutions : un meurtre de plus, ou un dialogue !

Quand nous avons laissé Max à la fin du chapitre 9, il n'était pas tout à fait un exemple à suivre. Je dois l'admettre. Il est mon personnage principal, mais je ne suis pas pour autant exempt de sens critique.

« Qu'est-ce que je vais bien pouvoir faire de ce satané cadavre ? »

Ce n'est pas comme ça qu'un héros s'interroge – car les problèmes de la vie ne sont pas résolus par des questions. Mais par des réponses !

Et la réponse reposait comme toujours dans l'action.

Imaginons la scène : la remise sur le bord du Furesøen en pleine nuit. Un monsieur bien habillé, les manches retroussées, qui fait des allers-retours agités entre des bouteilles d'hélium et un énorme ballon météo qu'on voit s'élever doucement.

L'homme bien habillé détache les amarres et ajuste l'approvisionnement en hélium tandis que le ballon s'envole au-dessus du toit de la cabane. Une corde y est attachée, et bientôt un autre homme, accroché à cette corde, fait son apparition, la tête en bas : le Premier ministre du pays.

Le ballon grimpe, grimpe, et maintenant on peut voir Tom en entier. Il conserve une silhouette très classe, très présentable, mais la cravate qui pendouille à l'envers est quand même un peu indigne d'un Premier ministre.

C'était malin – ça l'était vraiment ! Et ça montre la carrure de Max. Toutes ses capacités professionnelles avaient été employées à faire disparaître un élément fâcheux des projecteurs indiscrets – la stratégie avait pris ici un tournant plus pragmatique, plus manifeste. On parle bien d'un trait d'esprit créatif impressionnant, et nous autres petits bricoleurs, nous nous inclinons respectueusement face à ce genre de coups de génie.

Car c'était en vérité encore plus réfléchi qu'on ne le pense au premier abord.

Je ne sais pas si vous vous y connaissez en mesures scientifiques des vents et de la météo, mais un bon vieux ballon météo peut en vérité s'élever jusqu'à 50 000 mètres d'altitude – jusque dans la stratosphère ! Il se dilate de plus en plus à mesure qu'il monte, et quand il atteint les 50 000 mètres, il ne peut pas se dilater plus – et il explose !

En d'autres termes, plus proches des nuances dont sont capables les médias électroniques de nos jours : bang !

Je ne dis pas qu'il existe des statistiques à propos des ballons météo portant un Premier ministre – mais 10 000 mètres, c'est déjà joli.

Et Max avait pensé à tout : à cette altitude, il y a habituellement toujours un vent d'ouest ici chez nous, c'est pourquoi quand le ballon exploserait, Tom aurait plané si loin qu'il s'écraserait quelque part au fin fond des forêts suédoises.

La sensation folâtre qui accompagne si souvent le triomphe avait libéré de ses chaînes la fantaisie de Max. Plus tard, lorsque nous étions assis là – lui et moi – il ne pouvait s'empêcher de glousser en repensant à la façon dont tout ceci aurait pu se terminer.

Il secouait la tête en souriant tandis qu'il me demandait si je m'imaginais les gros titres du quotidien de la ville suédoise Göteborg :

« Un élan suédois assassiné par le Premier ministre danois précédemment disparu ! »

Ou la gazette du Småland : *« Grand mystère. Aucun couloir aérien dans la zone. Le Premier ministre a dû tomber de très haut et a ainsi assassiné l'innocent animal sur place. La scène de crime occupe 48 m², et les experts de la police travaillent intensivement à séparer ce qui appartenait à l'élan de ce qui appartenait au Premier ministre. »*

Cela me fit rire aussi – évidemment. L'idée était folle – et drôle, d'autant plus qu'elle avait failli être réaliste.

Et ça devenait encore mieux si l'on se permettait de visualiser le scénario presque façon Laurel et Hardy, avec une paire de médecins légistes suédois sur le lieu du crime.

On pouvait fabuler longtemps de cette manière – les Suédois sont les voisins les plus divertissants dont un pays puisse rêver. Bien plus encore que les Belges ! Merci beaucoup ! Mais comme nous allons vite le découvrir, cette situation n'eut jamais l'opportunité d'avoir lieu.

Malheureusement.

Ça manque, des choses comme ça.

Au premier abord, tout semblait se passer comme prévu.

Quand Max détacha les amarres, le ballon et Tom s'élevèrent joliment à la verticale dans l'obscurité. Déjà quand l'attelage eut dépassé la cime des arbres, il était difficile de distinguer ce que le ballon trimballait. Le risque qu'il soit vu était minimal, et dans tous les cas, il serait vite trop haut pour reconnaître le poids mort qu'il transportait, celui qui de tout temps avait drainé le plus de votes populaires dans la circonscription de Vejle, au Jutland.

Une solution aussi simple que géniale. On prend comme point de départ les opportunités que la situation nous offre, et on les utilise de façon optimale. Pas plus ou moins optimale – juste optimale.

Et le plus élégant, c'était que le plan Hartvigsen était de nouveau opérationnel !

Max n'avait qu'à s'asseoir dans sa voiture, rouler jusqu'à Helsingør, allumer le téléphone de Tom de manière à ce qu'il soit relié à l'antenne-relais d'Helsingør – puis envoyer un sms à Hartvigsen :

Un message secret et urgent du Premier ministre ordonnant à Hartvigsen de lâcher tout ce qu'il avait en main – même très jolie – et de le rencontrer à Halmstad en Suède !

L'imbécile penserait immédiatement qu'il avait été choisi pour quelque chose de tout à fait spécial, de préférence aux accents internationaux, et foncerait. Et Max n'aurait plus qu'à se débrouiller pour placer le téléphone de Tom dans le tiroir du bureau de Hartvigsen le lendemain, et l'affaire était dans le sac !

Il attrapa son manteau et se prépara à partir quand la porte s'ouvrit.

Encore.

C'était Signe.

Encore.

« Salut ! » dit-elle.

Max ne dit rien. C'est ce qu'on fait quand on est sur le cul.

« Il y a deux autres chefs de groupe qui s'occupent des jeunes. Je me suis changée ! »

C'était vrai – elle avait maintenant un sweat.

Vert.

« Il est beau », marmonna Max. Simple réflexe.

« Merci. »

Pourquoi se tenait-elle là ? Pourquoi était-elle revenue ?

« Qu'est-ce que tu veux, Signe ? »

Elle lui adressa un sourire ravi.

« Tu te souviens de mon nom ? Ça me fait plaisir. »

Ce n'était pas non plus si surprenant que ça – elle le lui avait dit moins d'une heure et demie plus tôt. Il aimait bien son sourire, mais ça n'a rien à voir avec le sujet.

Et oui, il se souvenait de son nom.

« C'est que ta mémoire à court terme fonctionne encore. Tu as quel âge ? »

Max soupira. Qu'est-ce que ça pouvait bien lui faire ?

« … Autour de 55.

— Plus ou moins de 55 ? »

Nom de… ? Il la regarda, surpris.

« Non, pardon », dit-elle comme effrayée, la main devant la bouche. Visiblement, elle ne s'y attendait pas non plus.

« Désolée, c'était pas très sympa, se dépêcha-t-elle d'ajouter. Mais j'ai entendu quelqu'un dire ça une fois, j'ai voulu être drôle. »

Elle haussa les épaules et tenta un petit sourire en coin. À vrai dire, Max s'en tamponnait pas mal. Il n'avait pas le don de s'offenser – ce n'est pas pratique.

Le plus important était de faire partir la fille. Avait-elle eu le temps de voir le ballon ? Il ne pouvait pas le lui demander comme ça.

Elle fit un sourire d'excuse.

« Ce n'est pas grave », dit-il à contrecœur en essayant de passer devant elle. Il fut stoppé par un « Comment tu t'appelles ? ».

La fille était curieuse. Et ça pouvait continuer comme ça pendant un moment – mais était-elle seulement curieuse ?

« Et ton ami alors ? voulut-elle savoir. Celui qui s'était endormi ? »

OK : elle était plus que curieuse ! Toutes les alarmes soigneusement réglées dans la tête de Max hurlaient à pleins poumons tandis qu'il l'observait avec attention.

« Il est parti. »

Elle hocha la tête. L'explication était apparemment acceptée.

« Il a pu finir de calfeutrer ? »

Cette question était-elle aussi innocente qu'elle en avait l'air ? Max la scruta. Il était bon pour lire les gens, mais là, il ne voyait rien d'autre qu'un intérêt naturel et aimable.

Elle insista :

« Le kayak est là, dehors, vide. »

Max était bien placé pour le savoir.

Son contenu précédent flottait maintenant à un bon kilomètre au-dessus de leurs têtes. Heureusement, Max n'y fit pas allusion. Ce personnage si réfléchi était pour le moment complètement à côté de la plaque, car il n'avait pas connaissance de l'agenda de son interlocutrice. Il n'était même pas certain qu'elle ait un agenda.

La fille alla avec insouciance s'asseoir sur la table. Confiante ! Voilà ce qu'elle était – il avait cherché le mot.

« Tu fumes ? » demanda-t-elle.

Une question déconcertante. Max secoua la tête.

« Moi non plus », dit-elle avec une évidente satisfaction. Puis elle tapa du plat de la main sur la table à côté d'elle et ajouta : « Alors on peut s'asseoir ici tous les deux et ne pas fumer une cigarette ensemble. »

Max était sur ses gardes, bien sûr. Il resta près de la porte et observa la jeune fille insouciante. Les mots lui avaient certes échappé dans un réflexe, mais c'était pourtant vrai : le sweat vert lui allait bien.

« C'est une drôle d'histoire, dit-elle enfin.

— Histoire ? Il n'y a pas… d'histoire. »

Max était rompu à l'éradication des théories de complot et autres. Pour les histoires, il n'était pas sûr.

« Je n'y connais pas grand-chose en kayak, commença-t-elle. Mais je vois la contenance de certaines choses. Ce qu'on peut en faire. »

Max la fixait, d'un air interrogateur. Il ne voyait pas le moins du monde où elle voulait en venir.

« Tu sais ce que je crois ? » demanda-t-elle alors.

Il le savait. C'est pourquoi il fit non de la tête.

« Je crois qu'il y a un homme mort dans ce kayak.

— Signe ! » Max était abasourdi. Vraiment ! C'était évident au premier coup d'œil sur son visage, il n'y avait qu'à regarder.

« Un bras ne surgit pas comme ça. Il doit bien être rattaché à quelque chose », insista-t-elle.

Max hésita un instant – contrôle des dommages, il en savait un rayon là-dessus.

Il soupira et lui fit signe de la suivre depuis la porte.

« Viens par ici, Signe ! Suis-moi. »

Elle suivit. Pourquoi ne l'aurait-elle pas fait ? L'homme voulait lui montrer quelque chose.

Il lui désigna le kayak vide dans l'herbe derrière la station météo.

« Vois par toi-même ! Tu vois un cadavre ? »

Elle observa le kayak. Elle passa même le bras dedans pour vérifier l'intérieur.

Max lui adressa un sourire tendre.

« Il l'a calfeutré, et puis il est rentré chez lui ! Tu as vraiment une imagination débordante, Signe. »

Elle secoua la tête et dit plus pour elle-même que pour lui : « Mon copain me le disait tout le temps.

— Ah, tu as un copain ? » Max était heureux de changer de sujet.

Pour la première fois, elle lui lança un regard hostile.

« J'ai dit *disait* ! »

Ses yeux avaient instantanément changé d'expression – Signe, elle aussi, pouvait être sur ses gardes. Le sujet était douloureux visiblement, et Max s'en tiendrait éloigné. De toute façon, qu'elle ait eu un jour de mauvaises expériences avec un quelconque bonhomme lui importait peu.

Il regarda sa montre : il était temps de régler cette situation.

« Tu dois commencer à leur manquer, à tes scouts, tu ne crois…

— Tu connais ce sentiment qu'on a des fois, comme si quelque chose clochait, sans qu'on arrive à mettre le doigt dessus ? »

Elle s'était rassise et regardait droit devant elle, comme si elle parlait d'une quelconque question théorique – et c'est exactement à ce moment-là qu'il aurait dû la tuer.

C'était une évidence, et quelqu'un ayant moins de scrupules pour résoudre des problèmes n'aurait pas hésité.

Mais Max hésita.

Premièrement, on l'a dit, il ne pouvait pas. Tout simplement – il n'était pas un meurtrier.

Et deuxièmement, Max accordait une confiance légitime à ses outils comme à lui-même. L'opposition n'avait pas l'air particulièrement dangereux – n'exagérons rien – et ce n'était pas la première fois que son ouvrage consistait à ébranler de solides convictions.

Il s'assit à côté d'elle et la regarda droit dans les yeux, la mine sérieuse.

« Non, Signe, je ne connais pas ce sentiment. En général, les choses sont comme elles ont l'air d'être. Il n'y a pas tant de mystères que ça en réalité. La réalité est comme elle est ! »

Elle le regarda de nouveau attentivement. Il nota un petit froncement vertical entre ses sourcils – elle voulait comprendre ce qu'il était en train de dire.

« Tu veux dire, commença-t-elle, que tout est simple : je crois qu'il y a un homme mort dans le kayak, donc tu me montres le kayak, le kayak est vide. Il n'y a donc pas d'homme mort dans le kayak. C'est bien ça ? »

Max lui sourit. C'était exactement ça.

« Mais, alors si je pensais plutôt : il y *avait* un homme mort dans le kayak ? »

La poisse ! Heureusement qu'il arborait un regard à lui donner le bon Dieu sans confession.

« Comme le monde est encombré de théories de conspiration et de méfiance ! soupira-t-il, résigné. Je croyais que tu étais différente, Signe.

— Ah bon ! Tu croyais ça ?

— Oui !

— Qu'est-ce qui t'a fait croire ça ? On vient à peine de se rencontrer. »

Difficile à expliquer – mais pas pour Max.

« Tu es scoute. Chef de patrouille même ! argumenta-t-il. Vous parlez sans doute de morale et d'éthique, pas vrai ? De confiance ! On doit pouvoir compter les uns sur les autres. S'entraider !

— Et si c'était le type dans le kayak que je voulais aider ? »

Max la saisit par les deux épaules.

« Alors c'est en moi que tu dois avoir confiance ! » dit-il d'une voix pénétrante.

Il sentait que c'était aussi ce qu'elle voulait. Elle voulait surtout se défaire du doute, et c'était justement son rôle de l'y aider.

« Tu es tellement jeune, Signe, et tu es une fille intelligente, j'en suis sûr. »

Ce point précis, il n'en était en fait pas si sûr, mais elle apprécia le compliment. Qui ne le ferait pas ?

« Il est tout à fait naturel que tu sois surprise en entendant une histoire peut-être un peu bizarre. Il n'y a aucune raison d'avoir honte ! »

À vrai dire, Signe n'avait aucune intention d'avoir honte de quoi que ce soit, et elle le regarda, l'air mystifié. Il s'empressa de continuer.

« Mais, Signe, tu te rendras compte que la vie est pleine d'histoires étranges. C'est ce qui la rend si belle ! Si surprenante ! Des choses que nous autres humains trouvons suspectes au premier regard découlent presque toujours d'une explication logique. »

Voilà le devoir des aînés : partager avec la jeunesse les expériences engrangées au cours de la vie. La représentante de la jeunesse au cours de cette nuit dans la cabane à barques était assise à côté de Max et hochait la tête, pensive.

Il tenta de déchiffrer son expression.

« Je peux te raconter quelque chose moi aussi ? demanda-t-elle. C'est quelque chose que j'ai moi-même vécu. »

Alors, Signe raconta cette fois où elle avait quinze ans. Son père était rentré très tard dans la nuit. Il n'avait pas donné de nouvelles, et la mère de Signe avait été furieuse parce qu'elle pensait qu'il y avait une autre femme.

Mais c'est alors que le père de Signe avait sorti cette histoire, comme quoi un cheval complètement fou avait sauté sur sa voiture, la détruisant à moitié. Et son téléphone était malheureusement à court de batterie, il n'avait donc pas pu appeler. Et dans l'hôtel où il avait été obligé de prendre une chambre, tout le système téléphonique était en panne ! Mais au milieu de la nuit, il s'était senti si inquiet pour sa famille qu'il avait pris un taxi pour rentrer, et il aurait pu emprunter le téléphone portable du chauffeur, mais craignait de les réveiller…

La mère de Signe n'avait évidemment pas cru à cette histoire. Elle avait pleuré, pleuré, et était toujours persuadée qu'il y avait une autre femme.

Le père continua de nier. D'ailleurs, si les choses s'étaient réellement déroulées comme il l'avait raconté, le pauvre homme ne pouvait rien faire d'autre que s'obstiner à répéter la même chose.

« Mais – et Signe était arrivée là où elle voulait en venir – j'ai décidé de prendre le bus jusqu'à l'autre ville pour vérifier l'histoire de papa.

— Bien, Signe ! » Max ne put s'empêcher de tapoter affectueusement sa main.

Elle lui lança un regard froid.

« Il y avait une autre femme. »

Elle se leva et alla vers la fenêtre poussiéreuse, là où son téléphone s'était trouvé quelques heures plus tôt.

Max eut besoin de quelques instants pour se remettre en selle.

« Qu'est-ce que tu as fait, alors ? Tu as tout raconté à ta mère ? »

Elle fronça le nez. Elle n'avait pas pu. Pas cette fois.

« J'ai mis le feu à son pantalon.

– … Pardon ?

— Ben oui, mais pas pendant qu'il le portait, dit-elle avec un certain regret. Un pantalon de dragueur – il était dans l'armoire. Je l'ai brûlé dans le jardin.

— … Aha.

— Ensuite j'ai envoyé les cendres à cette autre femme dans l'autre ville. »

Elle revint s'asseoir près de lui.

Max était un peu désorienté. Oui, je n'aime pas trop dire ça, mais mon personnage principal était en fait sur la touche. C'était en train de devenir une habitude, les choses ne se passaient pas vraiment comme il les prévoyait.

Les mécaniques de réactions chez Signe étaient différentes de ce qu'il connaissait. Il pouvait sans problème contrôler une femme désorientée – sans problème ! Mais une femme qui désorientait ?

« Et toi, alors ? le surprit-elle encore. Est-ce que tu as déjà été trahi ? Par un ami ou n'importe qui ? Quelqu'un t'a déjà baratiné ? »

Tom ! Elle avait dû entendre son dialogue avec Tom ! Était-elle là ? Quand il la regarda dans les yeux, il ne vit rien d'autre que de l'intérêt sincère, et il décida que c'était là-dessus qu'il fallait rebondir.

« Signe, j'appartiens à un milieu où l'on se fait confiance. Où l'on peut croire ce que disent les autres ! »

Elle hocha la tête. Enfin, elle acquiesça. Elle n'avait donc pas entendu sa dispute avec Tom. Comment aurait-elle pu d'ailleurs ? Et si elle l'avait entendue, elle ne serait jamais revenue.

« Tu crois en Dieu ? »

Voilà qu'elle revenait à la charge, avec un nouvel angle d'attaque. Mais en fait, cela le rassura : la fille bavassait simplement à tort et à travers. Comme toute sa génération – c'est pourquoi cette génération est inoffensive.

« Honnêtement ? sourit-il.

— Parce que tu sais ne pas l'être ? »

Blam ! Comment devait-il le prendre, ça ?

Aucune importance – elle allait voir ! Il voulait lui renvoyer l'ascenseur pour l'histoire du père et de son pantalon incinéré.

« Laisse-moi te raconter une histoire de quand j'étais enfant, à mon tour. Une fois, notre chat est mort…

— Oh, c'est triste ! »

Max avait horreur d'être interrompu. Tout le monde le savait dans les différents ministères, et cela n'arrivait donc jamais. Il inspira profondément.

« … Oui, c'est ce que nous avons pensé aussi. Donc, une fois, notre chat est…

— Tu as pleuré ?

— … Oui. Je la raconte cette histoire, ou pas ?

— Bien sûr, pardon ! » Elle était sincèrement désolée, c'était flagrant. Et elle faisait partie de ceux à qui on pardonne facilement.

Il retrouva le fil.

« Mais c'est vrai, j'ai pleuré. »

Signe faillit encore dire quelque chose de compatissant, mais elle plaqua l'une de ses mains sur sa bouche tout en secouant préventivement l'autre en l'air.

Signe se sentait gênée. Bien !

« Mais je me souviens, reprit Max, qu'alors ma mère était venue me consoler, et elle avait expliqué que le chat allait bien maintenant. Parce qu'il était au ciel – chez Dieu. »

Elle hocha la tête, intéressée, sans interrompre.

« Et je me souviens que j'ai pensé : qu'est-ce que Dieu va bien pouvoir faire d'un chat ? »

La jeune fille resta silencieuse, et il l'observa en attendant patiemment, tout en riant intérieurement.

« … Il va falloir que j'y réfléchisse un petit peu », dit enfin enfin Signe, incertaine.

Max sourit avec indulgence, se leva de la table et se dirigea vers la porte. Il entendit sa voix à nouveau.

« Tu pries ? »

Quoi encore ? Ne venait-il pas de lui raconter ce qu'il pensait de toutes ces bondieuseries ?

« Je connais quelques musulmans de mon immeuble, expliqua Signe. Ils prient presque tout le temps. »

Max haussa les épaules – une question pour le moins subalterne.

« Les gens du tiers-monde prient probablement plus que nous. Ils ont peut-être plus à demander.

— Et nous, on ne prie pas tellement, parce qu'on a déjà obtenu pas mal – c'est bien ça ? »

C'était quoi son problème à cette gamine ? Soit elle était très très futée, soit elle était très très bête. Max nageait en pleine confusion – et loin de moi l'idée de me faire valoir aux dépens des gens de la classe au-dessus, mais Max admet lui-même a posteriori que dans le doute, il n'aurait jamais dû la laisser partir. Pas avant d'être à 100 % sûr qu'elle était juste bête.

Mais ce soir-là, il voulait juste ne plus la voir. Elle le perturbait, et il avait besoin de toutes ses capacités de réflexion. Il s'agissait de suffisamment rassurer la fille pour qu'elle ne pense pas trop à ce qui s'était passé. Elle devait se souvenir de tout ça comme d'une nuit un peu étrange, irréelle – rien de plus. Et même si elle devait découvrir plus tard qui il était, il n'y aurait plus de danger par rapport au meurtre de Tom.

La présence de Max dans une remise à kayaks près de Furesøen ne pourrait jamais être reliée au fait qu'on avait retrouvé le Premier ministre comme un puzzle de difficulté moyenne au fin fond d'une forêt au cœur de la Suède.

La tactique avait l'air de fonctionner. Signe sourit d'un air d'excuse et s'avança docile vers la porte.

« J'ai sûrement juste besoin de réfléchir un peu. »

Ça sentait la capitulation. Le gâteau était prêt – ne manquait plus que la cerise !

« Exactement, Signe, et il faut aussi éradiquer cette vilaine méfiance vis-à-vis des autres ! »

Elle hocha la tête, elle était d'accord. Elle allait partir, quand soudain elle se retourna sur le pas de la porte.

« J'aimerais juste m'excuser, dit-elle, honteuse, et elle tendit sa petite main vers lui. Je ne suis pourtant pas du genre à penser du mal des gens. »

Il prit sa main.

« Tout va bien, Signe. Tu as peut-être appris quelque chose aujourd'hui ? »

Elle lui adressa un large sourire.

« Je crois bien ! »

Elle pouvait aller loin avec ce sourire, se dit-il. Il lui rappelait le sourire de Tom. Celui que Tom avait, quoi – puisqu'il venait d'être exporté.

Signe se tourna et franchit la porte.

Puis elle hurla.

XI

Dans lequel il devient clair pour tout le monde que ça commence sérieusement à sentir le roussi, et que les options d'extinction s'amenuisent.

Signe hurlait, il n'y avait rien à redire à ça.

La plupart des gens auraient fait pareil.

Mais pour cerner parfaitement le sujet, il est nécessaire d'en connaître un peu plus sur les vents au nord du Sjælland. Il est vrai que le vent d'ouest y reste prédominant, mais les vents ne sont pas du genre constants ! Ce n'est pas comme aux Caraïbes, où les alizés donnent presque en permanence un agréable sentiment d'éternelle fraîcheur.

Et que ce soit Dieu, Allah, Bouddha, Odin, Zeus, ou le présentateur de la météo, qui tire les ficelles, le destin décida – en fait, c'était plutôt lui qui tirait les ficelles – que le vent devait tomber. Juste au moment où l'hélium emportait le vieux ballon météo et son célèbre ballast vers les nuages, le vent cessa de souffler pour le reste de la nuit. L'attelage grimpa donc à la verticale dans les airs, et sachant que le ballon était vieux et avait reposé des années dans une cabane pratiquement à la merci des éléments, personne ne sera surpris d'apprendre que le gaz commença à s'en échapper par les coutures.

Pendant que nos deux personnages, si différents l'un de l'autre, papotaient dans la baraque, le ballon et son passager avaient donc grimpé fièrement tel un yoyo en *slow motion* avant de reprendre le chemin inverse de façon plus modeste.

Signe ne fut pas la seule à encaisser un choc. Il est tout naturel qu'elle ait hurlé – on ne peut l'en blâmer. Quand elle franchit le seuil, elle se retrouva nez à nez avec feu le Premier ministre, la tête en bas.

Dans des circonstances habituelles, la plupart des gens ont tendance à être embarrassés en présence d'une personne « connue ». Et quand les circonstances, comme ici, peuvent difficilement être qualifiées d'habituelles, on ne peut pas parler de réaction excessive quand une jeune fille pousse un hurlement.

On peut aussi comprendre que pour Max, ce fut la goutte de trop. Son cerveau aurait pu lui raconter que le ballon avait commencé à redescendre parce qu'il avait un problème d'étanchéité. Mais Max n'écoutait plus son cerveau : le sang battait violemment ses oreilles.

Max explosa ! Il connaissait le responsable de tout ce merdier ! Signe fut bousculée sans ménagement, et il hurla à la face de Tom :

« Espèce de gros abruti ! T'es devenu trop lourd ! Nom de Dieu ! C'est comme d'habitude, hein ? Je planifie tout à la perfection et toi, tu fais tout foirer à la moindre occasion ! »

Le ballon était pratiquement vide, et la tête de Tom se rapprochait de plus en plus du sol. À la fin, Max dut se mettre à genoux pour continuer à parler face à face avec le cadavre.

« Trop lourd ! pleurait-il presque. Carrément trop lourd, espèce de gros porc ! »

Puis le ballon recouvrit les deux vieux amis – ainsi que les kayaks et la station météo, d'ailleurs. La toile tombait doucement sur eux et enveloppa gracieusement vivants et mort.

Signe n'avait pas bougé d'un pouce, et il lui semblait que le monde avait calé. Toute la vitalité fébrile et vibrante au bord de cette société dynamique s'était gelée en une photo de carte postale. Mais alors, une silhouette commença à remuer sous la toile du ballon. Elle se déplaça, aveugle comme une taupe, jusqu'à la liberté – et Max apparut.

Il s'était dégagé du ballon et resta à genoux, luttant pour retrouver son souffle, tout en regardant vers Signe.

« C'était le Premier ministre ! glapit-elle. Je l'ai vu ! C'était le Premier ministre ! Pourquoi est-ce que le Premier ministre est mort ? »

En voilà une question.

Là, Max aurait dû la tuer !

Vraiment, ça ne fait aucun doute. Ces histoires de meurtre, c'est vraiment se fourrer dans des complications pas possibles – surtout pour les gens qui ne sont pas meurtriers – mais là, il n'y avait plus à tortiller : Signe avait vu à la fois le cadavre de Tom et Max.

Ensemble.

La même nuit.

Dans la même cabane.

On pouvait toujours envisager qu'elle soit assez lente d'esprit et sache à peine combien faisaient deux plus deux – mais deux et deux c'était déjà amplement suffisant !

Il n'y avait rien d'autre à faire que de tuer Signe. Il fallait être un beau salaud pour le faire sans regret, mais il fallait le faire !

Pourtant Max ne le fit pas !

Pas encore, du moins.

Son instinct le lui expliquait très clairement, mais il avait trop confiance en lui et en ses capacités – ses « outils » professionnels. Et ça, c'est toujours un pari risqué.

On peut dresser ici un parallèle parfait avec un événement que j'ai moi-même vécu lors d'un cambriolage de grande envergure à la succursale de la Jyske Bank à Struer.

Vous en avez peut-être entendu parler ? Ce n'est pas sûr, car c'est malheureusement arrivé en même temps que l'hospitalisation du prince consort pour une crise de foie. Il n'y eut donc pas assez de place dans les médias pour que l'événement obtienne l'attention qu'il méritait.

Le rapport avec mon plan d'autrefois, c'est qu'il montre de façon concrète comment les choses peuvent mal se passer quand on compte trop sur ses propres compétences et sur des mesures rationnelles – aux dépens d'intuitions humaines basiques.

La façade de la succursale donnait bien évidemment sur la prestigieuse rue Østergade. Mais l'arrière donnait sur Rådhusstræde, et de l'autre côté de cette ruelle, mon collègue et moi avions installé l'une de ces tentes de travaux publics, d'ailleurs principalement utilisées par les services de téléphonie. Nous avions creusé un tunnel sous la ruelle jusqu'à la banque – à la boussole. Je répète : à la boussole !!

Admettez que c'est quand même plus sophistiqué que de simplement passer la porte d'entrée avec un fusil à canon scié pour hurler *hand zeup* avec l'accent jutlandais, non ?

Mais voilà, ce que nous avions omis de prendre en compte – et je suis tenté de me frapper la tête contre les murs en y repensant – c'était qu'il y avait également un transformateur électrique dans Rådhusstræde. Le champ magnétique qui l'entourait trompa la boussole de 52,4 degrés, et après 240 mètres de pénible travail souterrain, nous avons déboulé à travers le plancher du poste de garde Securitas sur Fjordvej, de l'autre côté de la place.

Vraiment pas de chance. Quand j'y repense, je vois bien que j'aurais dû écouter mon associé de l'époque, Børge Jørgensen, qui n'arrêtait pas de répéter que Rådhusstræde était la plus large ruelle sous laquelle il avait jamais creusé. Et Børge avait raison ! Son intuition lui disait que quelque chose allait de travers, et moi, obnubilé que j'étais par la technologie, j'insistais pour suivre la boussole !

À propos, Max et Børge Jørgensen s'étaient connus dans un tout autre contexte, et maintenant que je l'ai mentionné, je ne peux pas m'empêcher de me vanter un peu : c'est avec moi qu'il a commencé.

Je peux peut-être m'octroyer un petit peu des honneurs dus à son évolution ultérieure.

Je parle de ce Børge Jørgensen qui, en sortant de prison à la suite du projet de casse à Struer, s'est lancé dans la politique et, au prix d'un lobbying acharné et idéaliste à Bruxelles, a fini par légaliser le blanchiment d'argent.

Bon, fini la vantardise. Ce que je voulais souligner par ce petit récit de ma propre expérience, c'est l'importance des voix intérieures. Quel que soit le degré de talent auquel on accède, le nombre de techniques que l'on maîtrise, il faut toujours écouter ses intuitions ! Max lui-même était secoué de voir qu'un homme comme lui avait pu avoir l'idée de baser un plan sur un ballon pourri, vieux de dizaines d'années, et sur quelque chose d'aussi versatile que la direction des vents !

C'est peut-être parce qu'il n'admettait pas la situation que Max n'envisagea pas de tuer Signe. Il avait l'habitude des situations de crise – il baignait quotidiennement dedans depuis des années – et il avait ses méthodes : elles avaient toujours fonctionné, et il avait pleinement confiance en elles.

C'est pourquoi quand Max mit fin à son séjour sous la toile du ballon et aperçut le visage blême de Signe, il ne se dit pas une seconde qu'il était face à un choix.

Il lui semblait qu'il n'y avait qu'à se lancer.

Il se mit debout, épousseta son pantalon et se dirigea vers elle. Elle recula. Compréhensible.

« Signe, c'est une longue histoire, commença-t-il d'une voix redevenue calme. Et je veux bien te la raconter clairement. Tu l'as mérité. Viens t'asseoir. »

Elle secoua la tête et s'éloigna davantage de lui.

C'était décevant. Il n'y avait pourtant pas si longtemps qu'il lui avait expliqué à quel point il était important qu'elle maîtrise sa tendance maladive à se méfier d'autrui. Il lui avait expliqué précisément et avec une grande patience – et elle avait eu l'air de comprendre. Apparemment, ce n'était pas le cas !

« Mais c'étaient des conneries ! hurla-t-elle. Cette histoire du type qui s'était endormi dans le kayak. Pourquoi tu m'as menti ?

— Parce que j'étais obligé ! » grogna-t-il, irrité. Elle aurait pu le comprendre toute seule, bon sang !

Cette fille était bornée.

« On n'est pas obligé de raconter quelque chose qui n'est pas vrai ! »

Ah, bon Dieu ! Max était sur le point d'abandonner, quand il se souvint que Signe était une toute jeune femme, et si l'on veut expliquer quelque chose à un jeune, il faut revenir loin en arrière pour commencer au tout début.

Car Signe ne savait pas que toute cette histoire de vérité est fondée sur un mensonge. La vérité est toujours un choix – choisir *quelle* vérité. Les gens de notre âge savent naturellement que vrai ou faux, c'est un point de vue complètement irréaliste. Ce qui compte, au fond, ce sont les actes !

Quand on est jeune, on se trimballe avec futilité, persuadé d'être plein d'éthique, de savoir, d'opinions, de morale et j'en passe – et on s'imagine fonder nos actions sur tout ça. Mais on se rend vite compte que, dans le monde réel, c'est l'inverse : on fait ce qui doit être fait, et ensuite on cherche les raisons.

Tout est question de formulation – ça ne va pas plus loin.

« Crois-moi, Signe, c'est comme ça ! termina Max en tranchant dans le vif. Il s'agit uniquement de *choisir* la vérité ! »

Signe se braquait avec obstination.

« Il s'agit uniquement de m'expliquer pourquoi notre Premier ministre est là, mort, avant que je n'aille voir la police ! »

C'était visiblement une impasse – elle n'était de toute évidence pas sensible à l'angle analytique. On ne peut pas toujours réussir du premier coup.

Alors il y avait l'angle émotionnel.

Max s'effondra, comme submergé par la honte.

« Signe, dit-il doucement. Quand tout devient trop violent, il arrive qu'un homme se cache derrière une carapace. Il ne faut pas te laisser duper. »

Le ton d'une voix peut facilement contaminer les autres signaux que l'on envoie, parce que tout est envahi par le même sentiment.

Les yeux de Max étaient devenus brillants – et elle l'avait vu, parce que c'était son genre de remarquer ces choses-là.

« Alors essaie de comprendre, demanda-t-il à voix basse. Tom était mon meilleur ami ! La dernière chose que je puisse faire pour mon meilleur ami est de veiller à ce que son secret ne soit pas divulgué !

— Alors tu m'as menti ? » Il semblait qu'elle n'était pas totalement récalcitrante à éventuellement tenter de peut-être essayer de comprendre.

Il lui adressa un petit sourire tourmenté.

« Mais enfin, Signe… On a bien discuté tous les deux, et je tiens déjà beaucoup à toi. »

Elle sursauta relevant la tête, surprise – ça, c'était trop gros ! Mais il l'arrêta, avant qu'elle n'ait eu le temps d'ouvrir la bouche.

« C'est vrai, je tiens à toi ! Mais Tom était mon meilleur ami ! Tu dois le comprendre ! J'étais obligé de le protéger – et alors… Oui, si tu tiens à le dire comme ça : j'ai menti. »

Il était brisé, elle ne pouvait pas en douter. Signe restait silencieuse, et il fit une nouvelle tentative.

« Excuse-moi ! »

C'est toujours blessant d'ouvrir son cœur à quelqu'un d'autre sans susciter la moindre réaction. C'est vrai, non ? Mais la fille restait silencieuse, elle le regardait simplement d'un air sceptique.

Il ne faisait aucun doute que ce moment devait être décisif. Il n'avait pas encore gagné, mais pas encore perdu non plus – et si elle ne décrochait pas maintenant, il marquait des points.

Max poussa alors la confiance un cran plus loin et raconta comment les choses étaient reliées entre elles. La vérité, crue et sans détour. Parfois c'est ce qu'il faut faire.

« Écoute-moi bien, commença-t-il, et ne le répète à personne ! »

Elle ne répondit pas, ce qui était normal, puisque ce n'était pas une question. Ce n'était pas vraiment un ordre non plus – c'était tout simplement la condition pour qu'il lui délivre un savoir qui devait rester entre eux. Mais il fallait le lui dire s'il voulait qu'elle comprenne pourquoi il avait fait ce qu'il avait fait.

Alors, Signe eut droit à toute la vérité – en pleine face !

Elle apprit que Tom était alcoolique. Que le Premier ministre du Danemark était complètement accro à la boisson – et elle entendit avec effroi de quelle manière Max avait dû le couvrir pendant toutes ces années. C'était un récit de première main, il n'y avait donc aucune raison de douter. C'était malheureux, racontait Max – très malheureux – et c'était devenu de plus en plus dur.

Et ce soir justement, ça avait vraiment mal tourné. Il arrive un moment où on atteint les limites. Bien que Max soit un homme adulte, capable de se maîtriser, il était ami avec Tom depuis le lycée, et avait difficilement retenu ses larmes quand celui-ci avait déboulé dans la cabane. Ivre mort – et avec une *fucking* bouteille de whisky encore pleine à la main !

Non ! Bon sang, non ! Max n'avait pas tenu plus longtemps ! Il fallait en finir avec ces beuveries ! Il avait décidé de mettre Tom dos au mur sur-le-champ ; ça passe ou ça casse !

« Les amis, ça sert à ça, non ? » demanda-t-il à Signe, qui le fixait toujours sans rien laisser paraître. Mais elle écoutait !

« Maintenant, tu arrêtes, Tom ! » Voilà ce qu'il avait hurlé. Ils étaient de vieux amis, et il n'y avait pas de Premier ministre entre eux. Désespéré, il lui avait hurlé en pleine face : « Maintenant, tu arrêtes, Tom ! »

Vu comme ça, ça ressemble à un vulgaire ordre, mais en vérité cela avait été le cri du désespoir implorant Tom de s'aider lui-même.

Tom avait juste gloussé. Gloussé ? Non, pas ça – loin s'en faut. Il avait éclaté de rire ! Et porté la bouteille à la bouche, encore et encore.

Alors, Max était passé à l'attaque et avait tenté de lui arracher le whisky des mains. Mais Tom ne l'avait même pas laissé y toucher !

Tom était devenu agressif, ça s'était transformé en bagarre, ils s'étaient bousculés et secoués l'un l'autre – et soudain, Tom était tombé en arrière et sa tête avait violemment heurté le sol. L'arrière de sa tête avait percuté une brique – fracture du crâne. Tom était mort sur le coup !

« C'était un accident ! » pleurait Max. Il pleurait sur lui-même, sur son ami, sur leur amitié disparue. « Si seulement je l'avais juste laissé boire ! »

Il fixait le sol, éteint.

Signe avait du mal à garder une distance froide avec lui – ça la démangeait.

Au fait, comment je sais ça ? Que ça la démangeait ?

Signe était une nouvelle connaissance pour moi aussi. Étant donné nos milieux très différents, une rencontre fortuite n'aurait pas été très crédible. Il est plutôt rare que je braque quelque chose en rapport avec le mouvement scout. N'importe quel idiot peut forcer l'entrée d'une tente – le défi n'est pas à la hauteur.

Mais Max n'est quand même pas ma seule source dans ce récit. Plus loin, il sera mentionné comment j'ai rencontré Signe pour la première fois – et cette fois-là, elle m'a pratiquement ignoré. Mais plus tard, j'ai longuement parlé avec elle – entre autres de cette soirée au bord du Furesøen.

Je tiens donc d'elle-même que lorsque Max était là devant elle, courbé et malheureux, elle avait eu du mal à rester froide. Quand les gens pleurent, il faut d'autres personnes pour tenter de les consoler ou du moins rendre le moment difficile moins difficile. Mais Signe ne connaissait pas Max depuis très longtemps, et il y avait déjà entre eux un certain passif. Elle était sur ses gardes !

Il y avait quand même quelque chose qui l'empêchait de tout simplement mettre les voiles. Max pouvait le sentir, et si ça n'avait pas été le cas, il aurait dû changer de stratégie. Ce n'était pas qu'elle était à la recherche d'une figure paternelle – Dieu merci. Et il n'y avait pas l'ombre d'un germe de Lolita en elle, l'idée ne l'effleurait même pas – elle en aurait vomi.

De son point de vue, il n'y avait aucun doute : le type était à coup sûr un faux-jeton, mais elle l'aimait bien ! À sa propre grande surprise, elle développait une toute simple, naturelle et si humaine sympathie – pour un faux-jeton !

Pourquoi donc ? Ils étaient différents en tous points. Du sexe à l'âge en passant par les convictions et les croyances. Alors pourquoi ?

Il lui fallait faire preuve de prudence !

« Tu m'as menti tout à l'heure », dit-elle.

Il acquiesça. C'était vrai.

« Tu n'as pas à me croire sur parole. Je ne peux pas te le demander. » Il chuchotait presque, en fixant le sol d'un air penaud. Mais alors il leva la tête et la regarda droit dans les yeux. Sa voix se fit un peu plus sûre.

« Va voir par toi-même. »

Signe lança un rapide coup d'œil vers le tas de toile informe, sous lequel on devinait presque le contour d'un corps. Elle secoua la tête. Elle ne voulait pas, l'idée ne lui plaisait pas.

« Mais tu dois le faire, Signe, dit-il avec la même fermeté qu'avant. Pour toi. Et pour moi aussi ! Pour que tu retrouves un peu de confiance en moi. »

Qu'est-ce qu'elle devait voir, au juste ? Tout ça ne lui plaisait pas, elle l'avait déjà dit !

« Rampe dessous et va voir. L'arrière de la tête ! Il a une fracture ouverte du crâne – un trou jusqu'au cerveau ! »

Il y avait quelque chose dans son regard et dans sa voix qui la poussa à aller soulever un pan de la toile pour regarder dessous. Elle lâcha immédiatement.

« Il est sur le dos !

— Alors soulève sa tête pour voir ! »

Elle se mit à genoux et souleva encore la toile. Puis elle se glissa un petit peu dessous – jusqu'au corps.

« Je n'aime pas ça. » Sa voix n'était qu'un faible gémissement sous le ballon.

« Soulève sa tête ! »

Maintenant c'était un ordre.

Elle obéit.

Il y eut un petit cri indistinct, qui ne devint rien de plus parce qu'il n'y avait plus d'air dans ses poumons. Elle battit en retraite, et resta à terre, cherchant son souffle.

« C'est moche. J'ai horreur de ça ! »

Max n'osa pas poser une main sur son épaule, mais il s'assit tout près d'elle.

« Comment tu crois que je me sens, moi ? demanda-t-il. Pour toi, c'est juste quelqu'un – mais Tom était mon meilleur ami. »

Il se leva et retourna près de la porte.

« Viens, dit-il doucement. J'ai quelque chose à te montrer, ça va te plaire. »

Il entra dans la cabane, et elle ne put s'empêcher de le suivre. Elle resta cependant sur le seuil, incertaine.

Il lui sourit. Il lui fallait se faire à l'idée qu'on ne lui rendrait pas son sourire : Signe était secouée et incapable de zapper entre ses différents registres d'humeur.

« OK, dit-il pour engager sa dernière offensive, tu as vu la fracture du crâne. À propos de quoi Tom et moi nous battions-nous ? »

Elle haussa les épaules et répondit d'une voix maussade.

« Une bouteille de whisky.

— Et qu'est-ce qu'il y a là, juste sur la table ?

— … Une bouteille de whisky. »

Toujours maussade.

« Tu vois ? » Il osa enfin aller lentement vers elle. « Tu vois, Signe, c'est exactement comme la fois avec ton père et son histoire ! »

Elle lui lança un regard atterré.

« Mais avec un résultat différent, Signe : cette fois, ça correspond ! »

XII

« Duel dans la nuit », voilà le titre qu'on aurait pu donner à ce chapitre. Mais bon, ce serait faux. Il serait beaucoup plus exact de l'intituler « Le jeu du chat et de la souris ». Seulement cette fois, il se pourrait que la souris ait un certain répondant...

C'était imparable.

Tout à fait imparable, en vérité, et Signe avait de quoi cogiter. Elle et moi avons longuement parlé de ça – plus tard, comme je l'ai dit. Instinctivement, elle pensait que, dans le fond, les gens étaient corrects et honnêtes – et que derrière leurs erreurs, leurs incompréhensions et leurs conflits, ils n'avaient en vérité que de bonnes intentions.

Elle ne croyait pas aux vrais salauds – elle reconnaissait la faiblesse humaine et n'était pas aveugle à ce qu'elle pouvait parfois engendrer. Mais elle était prête à tenter sa chance et à prendre le risque – quitte à récolter ensuite la déception qui viendrait immanquablement. Elle n'était pas prête à renoncer à sa confiance fondamentale en l'autre.

Mais elle ne connaissait pas les décisionnaires ! Signe vivait parmi des gens innocents qui considéraient le manque de sensibilité comme un défaut. Elle n'avait pas compris que c'était justement l'insensibilité qui était la condition *sine qua non* pour faire carrière.

La direction politique de notre démocratie tomberait en morceaux si ceux qui en ont la charge n'étaient pas dotés d'une grande insensibilité, qui plus est bien entretenue. Ce sont des gens qui vont droit au but sans se laisser distraire par des détails ou des objections nuancées. Toutes les décisions peuvent être résumées en : combien ça coûte ? Combien est-ce qu'on est prêt à en donner ? On achète, ou pas ?

Tout le reste n'est que discussions périphériques, qui servent surtout à reporter la prise de décision.

Sans l'insensibilité, toute dynamique échapperait à notre société, parce que l'insensibilité s'accorde si bien avec la cupidité, nécessaire à des rouages bien huilés.

Dans l'environnement de Signe, insensibilité et cupidité étaient des gros mots ! Il s'agissait de traits de caractère à fuir. Voila une attitude de perdant qui constitue une erreur terrible avec pour conséquence la destruction de toute pertinence démocratique.

Dans la situation présente, c'était bien sûr un énorme avantage pour Max, qui lui avait permis de faire grande impression.

Signe se fit pensive. Il la suivit des yeux tandis qu'elle s'approchait de la table pour observer de plus près la bouteille de Glenfiddich.

Dieu sait à quoi elle pensait.

Puis elle lui lança un regard en coin, avant de tirer l'une de ses manches par-dessus sa main et de saisir le col de la bouteille. Elle se tourna vers lui et la lui tendit.

« Tiens, prends la bouteille !

— Hein ? » Ce n'était pas exactement ce à quoi il s'était attendu.

« Prends la bouteille ! » Elle insista. « Je veux que tu la tiennes. »

Max ne put retenir un petit ricanement nerveux.

« Ben, tu peux la poser sur la table, quoi ! »

Elle le regarda droit dans les yeux. Puis elle fit comme il avait dit, posa la bouteille sur la table. Mais sans le lâcher du regard. Elle remit sa manche en place.

Puis elle demanda tranquillement :

« C'est toi qui l'as tué, pas vrai ? »

Max était une personne rompue aux négociations, qui en temps normal ne clignait jamais des yeux même sous une attaque massive. Mais cette question-là, c'était bien la première fois qu'on la lui posait.

Bon, d'accord, il n'avait jamais tué personne non plus – pas directement, en tout cas – sa réaction fut donc plus ou moins raisonnable. Il fut surpris et s'enfonça dans une sorte de marmonnement chaotique – et ce n'était clairement pas son genre !

Signe ne lâcha pas prise.

« Tu l'as tué avec cette bouteille, et ensuite tu l'as essuyée pour enlever tes empreintes ! »

Là, elle ne demandait plus – c'était une simple constatation.

Si seulement son adversaire avait été un homme ! Il aurait pu tourner tout ça en une vaste plaisanterie, mais les femmes sont souvent si dénuées d'imagination, elles s'obstinent à creuser au même endroit encore et encore – il n'y avait aucune raison de le pousser dans ses retranchements comme ça !

« Tu as dit qu'il s'était cogné la tête contre une brique, continua-t-elle. Il n'y a pas de brique ici. Tu l'as tué. »

Il se tut. Il devenait évident qu'elle ne le lâcherait pas avant d'avoir eu une explication, et il était en rupture de stock. Enfin, il lui en restait bien une – mais donner la véritable explication était hors de propos.

Parfois, il vaut mieux laisser l'adversaire marquer quelques points, pour ensuite se refaire sur la distance.

S'il avait tué Tom ? Ben, possible oui. Qu'est-ce qu'il aurait bien pu trouver d'autre – un troisième type ? Pouvait-il espérer qu'elle gobe une histoire d'accident de la route ?

Aucune chance.

Pas pour le moment.

Au lieu de simplement avouer, Max fit une pause, une pause si longue qu'elle prit des airs d'aveux. C'était bien sûr assez pénible. Les pauses sont toujours pénibles quand on a vainement cru s'asseoir pour papoter de tout et de rien.

Signe s'assit sur la table, les bras ballants.

« Maintenant, je regrette de ne pas fumer, dit-elle.

— Je n'ai pas de cigarettes, je ne peux pas t'en proposer. »

Ils avaient désormais rompu le silence tous les deux, et il s'assit à côté d'elle. Elle ne protesta pas. Mais ne le regarda pas non plus.

« Maintenant, tu es obligé de me tuer aussi, hein ? »

Max se tourna vers elle, atterré. Ça ne l'avait pas effleuré – et ça, nous savons que c'est vrai ! Même si c'était stupide.

Il prit sa main, et elle le laissa faire.

« Ne dis pas des choses comme ça, Signe ! s'écria-t-il. Avec toi, c'est différent ! »

Elle le regarda tristement.

« Parce que je ne suis pas ton meilleur ami ? »

Il y eut une nouvelle pause, et il lâcha sa main. De toute façon, il ne savait pas quoi en faire.

C'était étrange – elle le faisait tout le temps caler. Ça ne pouvait pas être vrai ! Elle était naïve – il était malin. Elle était crédule – il était rusé. Elle était une petite scoute inexpérimentée – et lui, il jonglait avec paroles et pensées au plus haut niveau ! Et pourtant, il était systématiquement hors jeu. Il savait qu'il avait l'un des QI les plus élevés du pays – ça avait été mesuré, et il n'était pas loin du Guinness des records. C'était un fait. Il ne voulait pas lui demander si elle avait fait évaluer le sien. On ne pose pas ce genre de questions à une dame, ce serait un signe de faiblesse. Et d'ailleurs, elle n'avait sans doute jamais fait de test.

Mais il devenait important que la pause prenne fin. Et il fallait que ce soit lui qui l'interrompe. Il devait reprendre l'initiative.

Il lui adressa un doux sourire – ce n'était pas difficile. Puisqu'il l'aimait bien.

« … Ce n'est pas terrible, tout ça. »

Il l'avait dit très paisiblement, et elle se contenta de lever les yeux vers lui et d'acquiescer. Ils étaient d'accord.

« J'aurais préféré ne pas le découvrir », répondit-elle.

Il inspira profondément et se lança dans le plan C.

« Tu es une très jeune fille, Signe, commença-t-il d'une voix pénétrante. Tu n'as pas vécu l'intensité de la panique. Tu n'as pas non plus vécu assez longtemps pour ressentir cette blessure profonde, personnelle et… »

Elle se leva et s'éloigna de lui. Ses yeux brillants de colère le vrillèrent.

« Tu ne peux pas dire ça… Tu ne sais rien de moi ! »

Mais enfin, on se calme ! Il avait dû toucher un point sensible, là où ça fait vraiment mal, un endroit où ça atteignait l'âme.

Ce n'était pas la première fois, c'était déjà arrivé. Où est-ce que ça avait fait tilt précédemment, déjà ?

Ça lui revint.

« Ton copain là, que tu avais ? » tenta-t-il en l'observant attentivement. Il put voir qu'il avait visé juste. « Ça a vraiment fait très mal quand il t'a quittée ?

— Il ne m'a pas quittée !! »

Absolument pas, bon sang ! Ses yeux étincelaient toujours – l'ex-petit copain n'avait pas dû y aller avec le dos de la cuillère. Mais ce n'était pas lui qui l'avait quittée. Alors, il aurait pu débiter quelques banalités comme quoi c'était moins douloureux quand on quittait soi-même quelqu'un. Mais il préféra économiser ses munitions et tenter de reprendre le contrôle avec de petites discussions.

« Il était scout, lui aussi ? » demanda-t-il gaiement.

La gaieté ne fut pas contagieuse.

« Les troupes de reconnaissance. Il était à l'armée. »

Elle n'avait pas envie de répondre, il le sentait. Mais elle l'avait fait !

Max continua donc d'un ton joyeux – c'était peut-être là que se trouvait l'ouverture ? L'une de ses règles primordiales disait que si l'on amenait l'autre sur un terrain qu'il n'aimait pas, il fallait y rester !

Il gloussa un peu : « L'armée, le mouvement scout, c'est un peu la même chose, pas vrai ?

— Les scouts ne sont pas envoyés à la guerre !!! »

Elle avait sifflé ça avant de sortir de la cabane en claquant la porte.

Max en resta pantois. Bordel ! Il était visiblement dedans jusqu'au cou. Ou alors, il venait de trouver le bon filon ?

Il fallait s'en assurer. Elle devait encore être là, dehors. Il ne voulait pas croire qu'elle ait complètement disparu.

Mais il y avait un petit quelque chose d'étrange – en lui-même. Quelque chose qui le surprenait. Il était triste qu'elle soit fâchée contre lui !

C'était là un sentiment inhabituel. Ce n'est pas qu'il ne s'intéressait jamais à ce que les autres ressentaient, mais ça ne le touchait pas vraiment d'habitude. Ça avait toujours été un simple élément à considérer. Bon sang, pourquoi était-il si concerné tout à coup ?

Quand il se précipita vers la porte bringuebalante, ce n'était pas uniquement pour poursuivre le plan C, qui avait connu des débuts difficiles – c'était aussi parce qu'il craignait que la jeune fille soit seule, là-dehors, malheureuse.

Euh, Max ne comprenait pas ce qui lui arrivait. Bon sang, il ne voulait pas devenir un vieux porc à la recherche de quelque chose de neuf dans son auge.

Non, ce n'était pas ça. Il en était sûr. Cette idée lui avait bien sûr déjà traversé l'esprit, mais dans la vie de Max, il n'y avait jamais de pulsion qu'on ne puisse rapidement soigner d'un coup d'un fil à l'un de ses innombrables contacts.

Ce qui lui arrivait, c'était tout simplement qu'il avait de l'affection pour une autre personne – et ça le rendait nerveux.

Cela ne voulait absolument pas dire que la fille ne devait pas être pacifiée. Et c'était exactement ce à quoi il s'employait.

Elle était juste de l'autre côté de la porte – les bras croisés – fixant l'obscurité. Un peu mélodramatique, si elle voulait son avis. Mais elle ne le voulait probablement pas.

Il s'approcha prudemment.

« Il n'est pas revenu ? demanda-t-il doucement, parce qu'il avait deviné la réponse. Ton copain est mort ?

— Les soldats sont envoyés à la guerre, oui, répondit-elle d'une voix rauque, et tous ne rentrent pas chez eux. »

Elle tourna son regard plein d'amertume vers lui.

« Tu n'as pas connu ce genre de choses, si ? »

Que pouvait-il bien répondre ? Cela ne prenait pas du tout le chemin prévu.

« J'aimerais qu'on arrête de parler de ça maintenant », dit-elle.

Max hocha la tête. Il n'avait de toute façon pas la moindre idée de ce qu'il aurait pu dire.

Mais il ne voulait pas avoir l'air dénué de sentiments.

« Quel âge il… ? » commença-t-il, mais elle le coupa en répétant d'une voix forte : « J'aimerais qu'on arrête de parler de ça maintenant ! »

Sa voix semblait ne tenir qu'à un fil. Mais elle garda le contrôle. Cette nuit devrait se passer de larmes.

Max leva les mains en signe de reddition et s'assit sur le vieux banc près de la porte. Pourquoi pas, vu qu'en tout état de cause, le banc était là.

Signe s'assit à côté de lui.

« Merci », dit-elle.

Ils restèrent silencieux.

Simultanément Max évaluait bien entendu les possibilités – cet homme est unique en son genre. Pour lui, il n'existe que des situations difficiles – jamais impossibles. Son affection pour Signe n'était ni un obstacle ni un atout, ce n'était même pas un facteur. C'était simplement hors sujet.

Il fallait maintenant se dépêcher d'initier le plan D – ou plutôt, le plan C bis.

« Tu veux téléphoner à la police tout de suite ? demanda-t-il, las. Où est-ce que je peux t'expliquer comment tout ça s'est passé ? »

Signe haussa les épaules.

« Quel intérêt ? Vu que tu mens tout le temps ! »

Il allait protester mais elle le devança : « Ah non, c'est vrai, tu ne mens pas – tu *choisis la vérité* !

— C'est bon, tu peux dire mentir. »

C'était ce qu'il faisait de toute façon, et il devenait de plus en plus difficile de l'exprimer de façon exotique.

« Je sais que c'est n'importe quoi, Signe. Mais j'y étais obligé ! »

Elle poussa un petit cri railleur et se détourna de lui. Le revoilà, tiens – obligé !

Max n'abandonna pas. Les aveux n'étaient que la phase 1. Maintenant venait la phase 2, où il serait adroit de jouer l'homme meurtri.

« Mais enfin, je ne fais pas tout ça pour m'amuser, tu sais ! »

Elle devait bien voir qu'il ne pouvait plus se dérober. Les occasions de mentir étaient épuisées, puisqu'elle avait tout découvert !

Il se leva et commença à faire nerveusement les cent pas. Ne pouvait-elle pas comprendre qu'il s'était tellement enfoncé qu'il n'y avait pas moyen de tomber plus bas ? Qu'est-ce qui pouvait être pire que d'assassiner son meilleur ami ? Il ne lui restait plus rien à cacher ! Alors pourquoi mentir ?

« C'est pour ça… » Il se rassit près d'elle et l'implora de le comprendre. « C'est pour ça que j'aimerais avoir le droit de t'expliquer *pourquoi* – avant qu'ils n'arrivent… et m'emmènent. »

Signe n'avait pas un cœur de pierre. Elle avait simplement envie de lui pardonner. Tout, en plus – tout le tintouin ! Mais elle ne pouvait pas.

« Tu es un meurtrier, chuchota-t-elle en secouant lentement la tête comme pour repousser l'idée. Je suis assise là en compagnie d'un meurtrier ! »

Il acquiesça, malheureux.

« J'ai choisi de… le prendre sur moi, oui. »

Là, il fallait qu'il arrête ! Avait-elle bien entendu ?

« Choisi… de *le prendre sur toi* ? » répéta-t-elle, incrédule. Il sentit qu'elle avait enfoncé ses ongles dans le banc.

« Quoi que tu penses, Signe – tout ça, c'est à cause de l'idéalisme !

— Oh putain ! »

La situation était bien trop grave, et Signe était encore meurtrie d'avoir évoqué son copain – mais il y a des gens qui n'auraient pas hésité à éclater de rire.

Idéalisme ?!

Elle secoua encore la tête – il fallait qu'elle se resaisisse. Elle était assise à côté d'un meurtrier qui venait de lui raconter que c'était par idéalisme qu'il était devenu un meurtrier !

« Premièrement, c'est illégal… » commença-t-elle, mais elle s'interrompit quand elle remarqua qu'il la considérait avec pitié.

« *C'est* illégal ! » insista-t-elle.

Il haussa les épaules.

« Tu ne travailles pas pour le gouvernement ? » demanda-t-elle alors.

Il n'eut pas le cœur de la corriger. Les détails avaient finalement peu d'importance.

« C'est bien votre boulot que le pays soit correctement dirigé – que les lois soient respectées !

— Arrête donc de surestimer la loi !

— T'en fais pas, je viens d'arrêter ! »

Il dut prendre une profonde inspiration. Tout ceci ne menait nulle part s'il ne lui expliquait pas au moins le plus basique, même si ça devenait un peu trivial.

« La loi n'est pas synonyme de la plus grande justice, soupira-t-il. Ce n'est rien d'autre que le résultat hasardeux d'un combat politique pour le pouvoir.

— C'est ce que vous en avez fait, ouais ! s'emporta-t-elle. Mais à la base… »

Max ne put s'empêcher de s'en amuser.

« La loi chez les scouts ? demanda-t-il, goguenard.

— C'est ça, marre-toi, répondit-elle avec le même ton railleur. Au moins, elle est le juste prolongement d'une pensée honnête sur la liberté et la responsabilité ! »

Sans déconner ! Bientôt, elle allait commencer à citer les phrases des fortunes cookies !

« Signe, dit-il à grand renfort de patience. Je suis forcé de dire : foutaises ! »

J'ai bien sûr la même opinion que Max : pour moi aussi, la loi n'est qu'un détail pratique. Si on commence à y mélanger de grandes idées de justice et de raison, tout devient impénétrable et la sécurité judiciaire se perd. Personne ne saurait plus à quoi s'en tenir.

Si la loi est une constante, les gens dynamiques comme Max et moi pouvons nous poser tranquillement pour envisager avec professionnalisme la situation : est-ce que le jeu en vaut la chandelle ? Quelle initiative prendre pour réduire le risque ?

Sinon, c'est la jungle ! Ce que dit la loi n'a aucune importance – seule son existence compte. Quand on aime les saucisses rouges et qu'on respecte la loi, mieux vaut ne pas savoir comment l'une comme l'autre sont élaborées.

Et on nage carrément en plein délire quand une loi prétend naître d'une intervention divine.

Prenez les dix commandements – juste ça !

Moïse descend d'une montagne – le mont Sinaï, pour être exact. Et là, qu'est-ce que vous me dites ? Dieu est installé au sommet d'une montagne ! Ça aurait aussi bien pu être Edmund Hillary.

Bref, Moïse se pointe avec une paire de plaques de pierre. Puis il se retourne vers Dieu, qui vient de poser son burin et époussette sa tunique ou sa combinaison de ski ou ce qui pouvait bien être tendance chez les divinités à l'époque et hurle :

« OK, OK, Dieu ! Je te suis complètement rapport aux commandements et tout. Mais il faut juste que tu me répètes pour l'autre deal : les Arabes reçoivent tout le pétrole – et en contrepartie, les nôtres auront le droit de se faire couper le bout du… quoi ??? »

Le coup de tonnerre qui avait inévitablement suivi fut le premier rappel à l'ordre : on ne cherche pas de raison à la Loi. Elle n'est pas là pour ça.

Les musulmans utilisent le Coran d'une façon bien plus logique. On tergiverse moins : il est écrit ce qu'il est écrit. Mme Khuzajma peut donc prendre le Coran sous le coude en allant faire ses courses au supermarché – histoire de jeter un coup d'œil dedans pour vérifier qu'elle n'achète pas de bêtises.

À propos, plusieurs de mes collègues du genre féminin envisagent de se convertir, vu qu'elles vont déjà au travail avec une cagoule.

Il n'y a donc qu'un petit pas à faire.

Mais revenons à Max et Signe. J'ai une certaine tendance à digresser sur les sujets qui m'intéressent.

Les pensées que je viens d'exprimer étaient aussi le fondement de ce que Max tentait d'expliquer à Signe. À un autre niveau, naturellement – je ne me méprends pas. Il n'était ni dans les intentions de Max ni dans les miennes de semer le doute autour de notre législation. Au contraire, pour tout dire !

Les lois sont comme des récifs le long d'une côte, et la tâche d'un bon navigateur est de les éviter. On n'a pas besoin qu'un troupeau d'idéalistes aux yeux bleus s'acharne à vouloir changer la position des récifs !

« La législation est essentielle pour préserver l'illusion de la démocratie », conclut Max, sans se rendre compte que ce n'était pas une conclusion, mais bien le gong du second round.

« L'illusion ? » Signe le regardait, incrédule. « Les gens se battent pour la démocratie, mon vieux ! On se vante de notre démocratie ! On fait des guerres partout sur Terre pour exporter la démocratie ! »

Elle se maîtrisa. Parfois, la langue s'emballe, et on commence à dire des bêtises.

« Enfin, non. » Elle se corrigea toute seule, irritée. « On le fait pas pour la démocratie. Mais après coup, on dit que c'était pour ça ! Je veux dire… *vous* le dites ! »

Elle l'accusait du regard.

Grand Dieu ! Max n'en pouvait plus. La nuit était bien avancée, et il n'avait pas dormi. C'était évident : Max était fatigué.

Mais il n'y avait pas de détour possible. Il fallait y retourner.

« Je vais essayer de t'expliquer quelque chose à propos de la démocratie, Signe. Quelque chose qui peut être un petit peu difficile à comprendre…

— Fais gaffe, si c'est *trop* difficile à comprendre, je risque de redevenir méfiante ! »

Il n'y avait évidemment rien de révolutionnaire dans les propos de Max sur la démocratie, mais Signe était très jeune, il n'avait donc aucun intérêt à sauter une étape.

Pour le lecteur aussi tout ça pourrait avoir des airs d'évidence, mais laissez-moi résumer brièvement, question de cohérence.

Commençons avec les grands défis de l'humanité – juste quelques-uns, on n'est pas au Consensus de Copenhague.

La Terre va mal, c'est comme ça. On le sait bien : le CO_2 dans l'air, les substances toxiques dans l'eau, la radioactivité… Tout ça, on nous en rebat les oreilles. Le fait est que l'homme est le seul animal à avoir choisi son extermination en chiant dans son propre terrier.

On peut en penser ce qu'on veut, mais c'est comme ça.

Quel rapport avec la démocratie ?

Tout le monde sait ce qui ne va pas – tout le monde sait ce qu'il faut faire. Personne ne le fait ! La Terre approche la limite de surpopulation, pendant que nous les riches devenons plus riches, les pauvres plus pauvres, les assoiffés plus assoiffés, les affamés plus affamés – et l'impuissance se mue en une rage mondiale, qui un jour où l'autre explosera forcément en Ragnarök.

On peut trouver ça bien ou pas, mais on est tout de même obligés de s'y faire, parce que c'est comme ça.

Peut-on y faire quelque chose ?

Oui, on peut – on peut l'empêcher !

On ne le fera pas.

Qui doit le faire – est-ce que *nous* pouvons l'empêcher ?

Oui, il se trouve qu'on le peut !

Est-ce qu'on va le faire ?

Non, on ne le fera pas.

Pourquoi ?

À cause de la dé-mo-cra-tie !

Nous y voilà : la démocratie causera la ruine de la Terre !

Tous les gouvernements du monde savent quoi faire, mais personne ne fait rien.

Parce que ce qu'il faut faire serait si radicalement impopulaire que personne ne veut mettre la tête sous la guillotine.

Parce qu'il y a toujours des élections dans quelques années.

L'indicible vérité est : la seule chose qui pourrait sauver la Terre, c'est un régime totalitaire.

Mais ça, on n'en veut surtout pas ! Oulala !

Plutôt laisser crever la Terre.

Pour la démocratie !

XIII

Où ça arrive finalement ! Max gagne ! Je peux le dire tout de suite sans risquer de gâcher un éventuel suspense, puisqu'il y a eu depuis le début le pressentiment fugace de quelque chose d'inévitable.

Je ne vous cache pas qu'à mon avis, Max a conduit son argumentation de façon exemplaire. La problématique était claire et irréfutable. C'est là que la notion de *spin* montre son profil le plus élégant : quand on utilise un élément indiscutable dans une affaire qui n'a indiscutablement rien à voir.

Jetez un coup d'œil aux journaux, et vous verrez à quel point cette technique est utilisée en permanence et avec succès. On légitime ce qui ne tient pas debout en introduisant quelque chose d'incontestable – sans le moindre lien avec le sujet, peu importe – comme faisant partie de l'argumentation. Si ce qui est indiscutable apparaît clairement, il y a rarement quelqu'un pour se poser des questions sur le rapport avec la choucroute.

La méthode est usée jusqu'à la corde ces temps-ci, par tout le monde et n'importe qui.

La tactique employée par Max, cette nuit-là, comportait un grand risque : que la fille s'en aille, tout simplement.

Pour ce qui est de la tuer, nous en avons déjà parlé – c'était hélas hors de propos. C'est pourquoi Max en était réduit à une dernière approche, à haut risque : il devait réussir à convaincre le semi-témoin d'un meurtre que le meurtre en question était légitime ! Que c'était un acte moralement et éthiquement défendable – pour que Signe tienne sa langue de son plein gré.

Est-ce qu'une telle chose est possible ?

C'est un grand défi, quasi insurmontable. Et il n'y a aucune garantie que ça tienne sur le long terme.

Mais fichtre, Max tenta le coup !

C'est un exercice tellement délicat que bien peu osent ne serait-ce que l'envisager. Mais Max était en plein dedans. Respect ! Et il avançait !

Signe acquiesça.

« OK, dit-elle. Admettons – la démocratie, c'est nul. Et alors quoi ? Qu'est-ce que ça change pour ton ami, là, sous la bâche ? »

Elle avait gobé l'introduction. Pas accepté, mais gobé. Ce qui n'était pas rien.

« Voilà, écoute, commença Max. Nous sommes quelques… disons idéalistes, à oser prendre leurs responsabilités ! S'accrocher à notre démocratie – mais également *prendre sur nous* ce qui est impopulaire.

— Comme tuer des gens ? » Elle le regardait, l'air désabusé. « Tu n'as pas tort : ce n'est pas hyper populaire. »

Aha. Il fallait maintenant donner du mou avant de ferrer à nouveau. Tout était devenu trop sec, il fallait refaire un détour par l'émotionnel.

« Mais enfin, tu ne crois pas que j'étais choqué ? » Il se leva brusquement. « Désespéré ! Hors de moi ! Je me suis précipité dans la voiture pour aller me rendre à la police ! »

Pour la première fois, elle rit vraiment.

« Mais c'est vrai, je l'ai fait ! » protesta-t-il. Il ne fallait surtout pas lâcher prise. Si elle ne le prenait plus au sérieux, il ne faudrait pas longtemps avant qu'elle parte. Et alors elle serait hors de contrôle.

Il se rassit sur le banc.

« Mais alors, je me suis garé sur le bord de la route, pour me donner le temps d'y réfléchir…

— Tu es resté longtemps loin d'ici alors ? » Elle le regardait, moqueuse, et instinctivement, il eut envie de lui rendre la pareille, en toute simplicité. Mais ça ne menait nulle part ! Pas encore !

« À vrai dire, ça m'a pris un bout de temps, oui ! répondit-il avec un rictus ironique. Mais au final, j'ai fait demi-tour et je suis revenu. Je devais terminer ce que j'avais commencé. Il n'y a pas d'autre moyen pour ramener la démocratie. Et nous devons le faire, Signe. Je le sais ! »

Il était sur le point de passer son bras autour des épaules de la jeune fille, mais ce n'était pas le moment d'en faire trop, et il ne fallait surtout pas gâcher la prochaine offensive avec des signaux dont il n'était pas tout à fait sûr.

« Mais pour une authentique démocratie, Signe, il nous faut – juste pendant un instant – suspendre l'ersatz de démocratie que nous avons actuellement ! »

Max était fier de lui-même, et je le comprends, crénom ! Il avait déjà réussi à la repousser plus loin qu'il ne semblait possible de le faire. Elle avait déjà accepté la conclusion qu'elle aurait rejetée en bloc s'il avait foncé dans le tas.

Max attendit sa réaction suivante pour déterminer où il devait attaquer ensuite.

Elle prit le temps de digérer ce qu'il venait de dire. Ça sonnait tellement vrai – elle le sentait bien.

« Pourquoi ne pas dire tout ça à la télé ? demanda-t-elle, et ce fut au tour de Max de rire.

— Aucune chance, jeune fille ! Personne ne diffuse un reportage aussi long ! Et même si quelqu'un le faisait, les spectateurs fuiraient, et on serait marron. »

Il y était ! Il avait ébranlé sa confiance en des notions pourtant intouchables – la justice, la sacro-sainte démocratie, dont elle connaissait maintenant les dessous. En lui démontrant que les normes en vigueur étaient illogiques, il pourrait faire passer pour logique leur transgression.

« Tu payes des impôts ? » commença-t-il.

C'était le cas. 52 %.

Il acquiesça, l'air pensif.

« Est-ce que Coca-Cola paye des impôts ? » Elle le regarda, troublée, alors qu'il continuait. « Est-ce que Statoil paye des impôts ? Shell ? 7-Eleven ? McDonald's ? Ou même Hjem Is, notre bien-aimé marchand de glaces ambulant ! »

Elle le regardait, soupçonneuse. Elle était irritée de le voir ébranler ainsi ses positions.

« J'ai lu quelque chose comme ça dans le journal », marmonna-t-elle.

Max hocha la tête avec satisfaction et se leva pour s'éloigner un peu. Il laissa son regard suivre le cours de Mølleåen pendant qu'il reprenait.

« Tout a beaucoup avancé ici, pas vrai ? Les pays les plus pauvres aussi doivent aller mieux, pas vrai ? Ou bien ils tomberont encore comme des mouches dans le tiers-monde ? »

Elle ne se voyait pas se lever pour aller le rejoindre.

« Tu t'imagines que je ne trouve pas ça horrible ?

— C'est pire que jamais, Signe ! » Il se tourna vers elle. « Et dans le même temps, nous sommes devenus si riches et bien nourris que nous sommes obligés de roter sans cesse, juste pour arriver à respirer ! »

La vilaine image fit son effet : elle se leva d'un bond et se planta devant lui.

« Je sais tout ça, merde ! hurla-t-elle.

— Tout le monde le sait, Signe !

— Exactement !

— Alors pourquoi rien ne change ? »

Il y eut un silence entre eux, et il pouvait voir dans ses yeux qu'elle n'avait pas de réponse. On ne pouvait pas le lui reprocher, puisqu'il semble que personne n'en ait.

Max luttait pour cacher sa satisfaction, et il dut lui tourner le dos pour éviter qu'elle ne le perce à jour.

« Et ici alors, chez nous ? continua-t-il en tendant les muscles du dos. Pour la première fois, depuis des générations, notre pays a participé à une agression contre un autre pays !

— J’ai dit que je ne voulais pas parler de ça ! » fit-elle dans son dos, et sa voix était sur le point de se briser. Bien. Il avait craint la crise de nerfs.

Il se retourna – il avait retrouvé son sang-froid – et parla aussi doucement et sincèrement qu’il le pouvait. Ce qui n’était pas si difficile que ça, puisque ce qu’il avait à dire n’était pas faux, et ni la douceur ni la sincérité n’étaient feintes – quoique choisies.

« Je n’ai pas parlé de ton petit ami – et je trouve que c’est terrible, tu peux en être sûre ! Non, Signe, je parle de la guerre. Et d’avant la guerre ! Combien de gens subissent des sanctions depuis dix ans – des femmes, des enfants, des gens bien comme toi et moi ?

— Tu ne peux pas me demander de prendre position sur autant de choses en même temps !

— Mais je le fais quand même, Signe ! »

Il avait commencé à décrire un petit demi-cercle derrière elle pendant qu’il parlait. De cette façon, c’était maintenant elle qui fixait le cours d’eau. Il n’était pas certain qu’elle le voyait.

« Et qu’est-ce qu’on fait de l’Afghanistan, bon sang ? » Ses questions attaquaient maintenant de l’autre côté. « Regarde simplement dix ans en arrière, Signe. Tu t’en souviens, j’en suis sûr. Est-ce que nos dirigeants ont apporté plus de paix dans le monde ? Plus de compréhension ? »

Elle cacha son visage dans ses mains, mais il la tourna vers lui et les retira doucement – gardant les mains de la jeune fille dans les siennes.

« Le monde est en train d’exploser, Signe ! De folie ! Et ceci est l’ultime appel ! »

Alors, il la lâcha et la laissa là. Elle tourna lentement son regard vers lui.

L'abattement était semé. Ne restait plus qu'à récolter.

« J'ai lutté, Signe ! »

Il se tenait là, sous la gouttière, les épaules tombantes.

Un homme malheureux mais résolu, qui avait fait ce qu'il avait à faire – oui ! Et maintenant il en assumait les conséquences !

« Ceci… » Sa voix se brisa quand il tendit la main vers le tas informe du ballon qui recouvrait son ami. « Ceci est le final d'un combat de toute une vie entre Tom et moi. Tu comprends, Signe… Il ne voulait pas faire cesser la folie, c'est *pour ça* que quelqu'un devait *prendre sur lui* et l'arrêter. »

Il s'effondra sur le banc.

« Ce fut moi. » Désespéré – on le sentait.

Signe était désemparée. Plus tard, elle m'a expliqué ce qui l'avait poussée à aller s'asseoir près de Max : elle n'avait rien à craindre – c'était seulement un homme qui n'avait plus la force. Il avait abandonné, et raconté les choses comme elles étaient. Mais quand même…

« On dirait presque de l'idéalisme », dit-elle, surprise. Puis elle se décida : « Mais en réalité, c'est juste du cynisme !

— Signe ! Réfléchis ! » Il avait l'air résigné. Fallait-il expliquer même les liens les plus simples ? « L'idéalisme et le cynisme ne sont pas des opposés, ce sont deux côtés d'un même chemin. »

Qu'est-ce qu'il venait de dire ? Avait-elle mal entendu ? Elle secoua la tête, incrédule.

« Si tu arrives à me faire croire ça, c'est que tu es vachement doué ! »

Il ne faut pas dire ce genre de choses à Max – vraiment pas ! C'est comme demander à se faire entourlouper. Elle n'avait quand même pas pu lancer ce défi consciemment ? Comme ces minettes de lycée qui arrivent à attirer le body-builder de la classe sur la glace trop fine en disant : t'oseras jamais, Birger !

Birger ose toujours – et plouf.

Mais ce n'était pas la même chose ici, j'en suis profondément persuadé – l'incrédulité de Signe n'était pas feinte. L'idéalisme et le cynisme dans le même sac ? C'était trop gros.

Ils étaient assis l'un à côté de l'autre sur le banc, et Max releva le défi. Il trouvait agréable d'avoir un objectif de travail concret.

« Tu es idéaliste, pas vrai ? commença-t-il. Je sais que j'ai raison. Ne sois pas modeste. Tu es idéaliste. »

Signe acquiesça. Oui, en tout cas, elle essayait de l'être.

« Et moi, je suis un vieux cynique. Jusque-là, on est d'accord ? »

Elle hocha encore la tête – cette fois, la moindre réflexion était inutile. Ou alors il valait mieux laisser tomber tout de suite.

« Mais vois-tu, tout le plus bel idéalisme du monde ne vaut rien tant qu'il n'est pas réalisé. Et pour ça, il a besoin de cynisme ! Pour que l'idéalisme devienne une réalité. »

C'est agréablement simple quand on n'a même pas besoin de faire semblant, qu'il suffit de raconter clairement comment le monde est fait.

« L'idéalisme est le feu qui brûle – joliment, Signe ! Le cynisme est l'outil !

— Alors avant, tu étais idéaliste ? » demanda-t-elle avec grand scepticisme, comme si elle demandait à un lion s'il avait autrefois apprécié les légumes.

Non, bon sang ! Ne pouvait-elle pas comprendre ? Max n'avait pas été idéaliste – il *était* idéaliste ! C'était ce qu'il venait de dire ! Et c'était exactement la différence entre Tom et lui !

« L'idéalisme est un rêve. Parfait, il en faut ! » Il faisait honnêtement tout son possible pour l'aider à comprendre l'évidence. « Mais c'est au cynique de se retrousser les manches et de faire en sorte que tout ce qui a été joliment imaginé puisse aussi être joli dans le monde réel. Le cynique est un rêveur à son tour ! Mais un rêveur qui a compris que les rêves ne changent rien – il faut prendre la réalité en main ! »

C'est la tête de Signe que Max osa prendre entre ses mains, et elle le laissa faire, parce qu'elle faisait partie de ces personnes qui ont le talent de percevoir l'intention sincère derrière la malhonnêteté.

« Et maintenant, je te le demande, termina-t-il, tu vas m'aider ? Tu veux bien ? »

Ils se regardaient dans les yeux, et il sentait que la réponse était oui. Mais elle hésitait encore.

« Je suis sûre que tu te contredis toi-même ! dit-elle alors. C'est juste que je ne vois pas où.

— Parce que je ne me contredis pas ! »

Il retira ses mains – il y a des limites à la durée pendant laquelle on peut tenir la tête de quelqu'un comme ça. Il faut garder la ligne tendue, pour que ça morde, mais pas trop.

« Je ne peux pas juste faire comme si de rien n'était ! » supplia-t-elle. Il avait gagné. Il ne lui restait plus que sa dignité. « Il s'agit d'une vie humaine…

— Non, Signe ! l'interrompit-il. Ne vois-tu pas que c'est ici que tu te trompes ? Il s'agit de milliers et de milliers, de centaines de milliers de vies humaines ! D'autres personnes ! Des personnes malheureuses ! »

Alors, il misa tout ce qui lui restait. La ligne était tendue à l'extrême, ça mordait, et maintenant il tirait.

« Tu vas m'aider ? »

Elle le voulait, bien sûr. Mais toutes ses valeurs fondamentales venaient d'être chamboulées.

« Je veux juste… balbutia-t-elle. J'ai besoin de temps pour y réfléchir ! »

Il se rapprocha encore, parce qu'il était maintenant capital qu'elle ne doute plus de sa sincérité, dont lui-même ne doutait pas, cette fois.

« Signe, tu auras tout le temps dont tu as besoin. Mais pendant que tu réfléchis, il faut garder tout ça pour nous. Sinon il n'y aura plus aucune raison d'y réfléchir, pas vrai ? »

Elle le regarda, et elle ne vit rien de mauvais. Car il n'y avait rien de mauvais. Et ce qu'il disait était assez logique.

« Je vais me taire, pour le moment en tout cas, dit-elle. Jusqu'à ce que j'aie eu le temps de réfléchir. »

Max sentait le soulagement faire la ola à l'intérieur de lui – yes !!!

« Bien, Signe ! dit-il doucement en lui serrant l'épaule. Tu es une fille intelligente, je le sens. »

Gênée, elle regarda ses pieds.

« Merci. »

XIV

Où l'on avance encore un peu dans le déroulement du plan, et où le rire rapprochera les deux mondes.

Il ne fallait surtout pas qu'il fanfaronne tout de suite – cela aurait pu foutre toute l'affaire en l'air. L'accomplissement du plan dégageait une force qu'il s'agissait d'utiliser à bon escient – car derrière l'accomplissement s'ouvrait la route vers la gloire.

Max, déterminé, prit cette voie, trouva son chemin et accéléra immédiatement. Il se leva et se dirigea vers la porte de la baraque, et il savait qu'elle serait forcée de le suivre.

« Bon, inutile de continuer à faire des têtes d'enterrement, ça ne changera pas le monde, pas vrai ? dit-il joyeusement. Il faut qu'on décide ce qu'on va faire du cadavre, sinon on sera tous les deux dans la panade !

— On ? » Signe s'était levée d'un bond.

Il stoppa net juste devant la porte.

« Oui, enfin, surtout moi, bien sûr, admit-il. Mais tant que tu réfléchis, toi et moi on forme une équipe – puisqu'au fond, nous avons le même but.

— Ah bon ? »

Signe le regardait sans comprendre, et il dut lui expliquer qu'il regrettait, mais que 1/ ses scouts savaient où elle était ; 2/ ils avaient vu la voiture ; 3/ elle avait vu Max et 4/ elle savait pour Tom. Signe s'était tue pendant trop longtemps – elle n'était plus un simple témoin extérieur.

Ensuite, il ne gâcha plus sa salive sur des évidences et leva le voile sur la suite du plan.

« Non, attends, cet endroit est beaucoup trop exposé. On ne peut pas juste le remettre dans le kayak et le balancer au fond du lac. Il faut qu'on fasse en sorte que le corps soit retrouvé dans un tout autre endroit – loin d'ici. Loin de l'endroit où nous avons passé du temps, toi et moi ! »

C'était assez vrai, ça collait.

« Et, reprit Max, il faut faire en sorte que quelqu'un d'autre soit accusé !

— Qui ? demanda Signe, un rien choquée.

— Hartvigsen ! » Max était presque de retour dans son élément. « C'est vrai que tu ne le connais pas, lui… Tu ne t'en portes que mieux ! »

Signe se devait de protester, elle ne pouvait pas avaler ça tout cru.

« Je n'aime pas l'idée que quelqu'un hérite du crime – quelqu'un qui ne l'a pas vraiment commis, quoi !

— Moi non plus, bien sûr ! » éructa-t-il. Pour qui elle le prenait ? « Mais si elle ne trouve pas de coupable, la police continuera de creuser ! Comme pour le meurtre de Palme ! »

Le meurtre de Palme ? Elle était jeune, mais s'en souvenait un peu, elle avait juste besoin d'un petit moment pour rassembler ses souvenirs.

Elle ne l'eut pas.

Max s'engouffra dans la baraque, et elle le suivit par automatisme. Il fouilla dans ses poches et en ressortit les deux téléphones démontés, puis commença à expliquer.

Le mobile noir était celui de Tom, l'argenté était le sien – pour qu'on puisse les différencier. Mais les batteries étaient noires toutes les deux, parce que les batteries de téléphone sont noires, c'est comme ça.

Signe, d'un naturel curieux, remarqua les numéros qui étaient inscrits en tout petit sur les batteries. Les numéros étaient bien entendu différents.

Quand des gars comme Tom et Max reçoivent quelque chose, tout est enregistré, numéro de fabrication et tout le tralala. L'administration note soigneusement chaque petit élément. Dans le cas contraire, elle ne pourrait pas employer autant de fonctionnaires.

Maintenant, Signe s'emballait elle aussi. C'était un soulagement de parler de facteurs pratiques au lieu de voir son monde secoué dans tous les sens sans interruption. C'était comme préparer une course d'orientation nocturne.

« Pourquoi ils sont démontés ? » voulut-elle savoir.

Nous, nous le savons, mais Max le lui expliqua : il s'agissait d'une réunion secrète. Et à partir du moment où un téléphone est assemblé et allumé, il peut être tracé – il se connecte à une antenne-relais quand on l'allume. Ping – il est enregistré.

Elle acquiesça. Elle le savait plus ou moins.

Max la sentait en phase avec lui dans l'étape pratique. Et il s'en réjouissait, pour plusieurs raisons. Le plan était simple : il fallait trouver un endroit pour camoufler le corps. Il ne savait pas encore où, puisque c'était exactement ce qu'il fallait déterminer, mais une fois sur place, ils pourraient assembler le téléphone de Tom et l'allumer. Ping ! Connecté à l'antenne-relais ! Puis un sms à Hartvigsen pour le convoquer sur-le-champ. Hartvigsen se libérerait des bras de sa secrétaire et foncerait. Aucun doute là-dessus. L'homme était plus ambitieux qu'un agent immobilier à qui on vient de confier la vente de Christiansborg (ce récit prend place il y a quelques années, quand se séparer du siège du Parlement était encore impensable).

« Ma chérie ! s'écrierait l'heureux Hartvigsen en enfilant son pantalon sur le pas de la porte. C'est un sms du Premier ministre ! En personne ! Il me demande de le rejoindre immédiatement au train fantôme du parc d'attractions de Bakken ! »

Et le lendemain, lorsqu'on annoncerait que le corps du Premier ministre avait justement été retrouvé là, et que son téléphone avait été découvert dans le tiroir du bureau de Hartvigsen… La secrétaire lâcherait le morceau. *Exit* M. Hartvigsen !

« Le train fantôme ? demanda Signe, l'air sceptique.

— Oui, bon », grommela Max à contrecœur. Il s'était emporté. « C'était juste un exemple. »

Signe se demandait ce qu'elle devait penser de tout ça.

« C'est *vraiment* une ordure, ce Hartvigsen ? demanda-t-elle.

— Politiquement, il est plus à droite que Genghis Khan. »

Voilà qui était sans appel.

OK – c'était quand même pas mal à droite, aucun doute.

Ne manquait plus qu'à trouver l'endroit où le corps serait retrouvé.

« Une usine frigorifique ? proposa-t-elle. On voit souvent ça dans les films ! »

C'est bien pour ça que ça n'allait pas ! Si une idée exhalait ne serait-ce qu'un fumet de film, il fallait la jeter immédiatement. Non, ça ne pouvait pas être aussi facile, il s'agissait d'un défi.

Mais Signe était rompue aux défis, elle était scoute. Et le défi était simple à formuler : où placer un homme mort sans que personne ne se rende compte qu'il est mort ? Dans un premier temps, en tout cas.

Ils s'étaient assis sur la table et cogitaient ensemble.

Signe plissa les yeux – elle le faisait toujours quand elle se concentrait. Puis vint la petite ride entre les sourcils.

« Je pensais à... commença-t-elle. Cette histoire d'Igor Mortis...

— *Rigor* ! corrigea Max. *Rigor mortis*, la rigidité cadavérique. Et alors ? »

Signe passa la seconde. Le cadavre était donc tout raide, comme un bout de bois, pas vrai ? Elle venait de penser à ces gens de la rue piétonne de Strøget qui se tenaient totalement immobiles pendant des heures. Il suffisait d'y placer Tom – avec un petit bol devant lui pour les piécettes ?

Max ne put s'empêcher de rire – très fort, en plus. Pas méchamment, pas du tout ! C'était juste une image hilarante, bien que l'idée soit stupide. Et Max avait besoin de rire.

Signe s'offusqua ouvertement. C'était la première fois qu'elle participait à ce genre de choses !

« C'est pas bête, Signe, se dépêcha-t-il de dire. Le principe est excellent : un endroit où le fait de rester totalement immobile n'éveille pas l'attention. »

Elle était de retour dans la course.

« Le secrétariat de la mairie ! s'écria-t-elle. Il ne s'y passe jamais que dalle, ils restent juste assis ! »

Elle était drôle ! Max ne put s'empêcher de la suivre : « Et dans ces grandes municipalités, les employés ne se connaissent pas entre eux : personne n'y verra de feu tant qu'il ne sentira pas !

— Et, s'empressa de renchérir Signe, si c'est une petite commune de province, personne ne remarquera l'odeur non plus ! »

Voilà qu'ils riaient tous les deux – de l'effronterie de la jeune fille – et cette fois c'était un rire libérateur. De ceux qui rapprochent les gens. Un rire qui transformait les différends en broutilles, qui poussait les gens à faire attention à ce qui les rapproche plutôt qu'à ce qui les sépare. Puisque c'était la même chose qui les avait fait rire.

Le rire est un formidable adoucissant – *ciao* Cajoline !

Permettez-moi un petit parallèle entre ces événements et ma propre carrière. Une fois – il y a pas loin de huit ans – nous avions été forcés de pacifier le personnel d'une banque avec du ruban adhésif gaffer. Ça rend toujours l'ambiance pesante quand on ne peut pas travailler en paix, quand il y a trop de bruit et de mouvement. La dame du guichet était dotée d'une relative corpulence – et je suis sympa. Quand mon collègue voulut lui attacher les bras dans le dos, l'avant de son tailleur explosa littéralement. La tension fut alors trop forte. Le directeur de la filiale éclata de rire, un véritable fou rire communicatif. Comme une digue qui cède, peut-être sous la pression de vieilles rancunes, le fou rire gagna la moitié du personnel. Bientôt, la pièce entière résonnait des rires d'une bande de fonctionnaires attachés les mains dans le dos. Et voyez : l'ambiance fut tout de suite plus légère ! C'était presque jovial – la forte dame du guichet était la seule à rester un peu maussade. L'hostilité qui existait depuis le début entre les employés et nous commença alors à se fissurer, et en un clin d'œil, nous étions devenus des gens qui avaient une histoire commune à raconter.

Ce changement miraculeux, nous le devons au rire. Le rire est quelque chose de magique.

Bien sûr, dans ce cas précis, cela eut pour effet de faire prendre un peu de retard au travail en cours – et ce retard, additionné à une peine avec sursis que je me traînais depuis quelques années, ne resta pas sans conséquence. Mais oublions ça, ce jour-là, le rire avait adouci l'atmosphère de la banque, comme il venait de le faire dans la cabane à kayaks.

Ces deux-là s'étaient rapprochés. Le rire est aussi capable de réduire les distances, et c'est de cette façon, non grâce à la technologie ou de nouvelles voies aériennes, que nous rendrons notre monde plus petit.

Max regardait Signe avec reconnaissance : elle y était presque !

« Comment tu t'appelles ? » demanda-t-elle tout d'un coup. Quand on sourit à quelqu'un, c'est toujours mieux de connaître son prénom.

Max hésita. Il avait pris garde de ne pas le dire depuis le début. Pas parce que son nom était un secret – elle aurait pu le trouver sur le Net en 30 secondes. Mais quand on donne son nom à une autre personne, on n'est plus quelque chose. On devient quelqu'un. Et c'est tout de suite plus risqué.

Mais on ne peut pas échanger dans la joie et la bonne humeur avec quelqu'un et ensuite lui refuser son nom.

« Tu aimerais le savoir ? » demanda-t-il.

Signe haussa les épaules.

« Non, je disais ça parce que je me demande si c'est loin, le pôle Nord.

— Max.

— Max ? »

Il acquiesça. Voilà – il s'appelait Max.

« Et par ailleurs, c'est à 4250 km. » Autant qu'elle le sache.

« Je suis fatiguée, dit-elle, de façon totalement inattendue. Je dois être à l'université de Roskilde dans quelques heures, et je vais pas avoir le temps de dormir. »

Max lui sourit avec douceur. Mon Dieu, comme il aurait aimé avoir les mêmes soucis ! Le lendemain, il devait – en plus de tout le bazar qu'allait causer la disparition de Tom – s'occuper du secrétaire d'État américain, qui à l'instant dormait à quelque 800 mètres sans se soucier de rien ! Il le raconta à Signe. Puisqu'elle ne savait rien de son travail.

« Et tu peux tacler les Américains ? demanda-t-elle. C'est ça que tu sais faire ? »

C'était ça qu'il savait faire. Entre autres.

D'ailleurs ce n'était pas si difficile que ça, quand on connaissait le truc. Max m'a donné par la suite des éclaircissements très parlants.

« Est-ce que tu as jamais regardé ces histoires de Miss Monde ? » avait-il demandé. La réponse était oui. « À la fin, il y en a une qui gagne, et elle est plus heureuse qu'elle ne l'a jamais été. Alors, elle tient un discours de remerciements – prête attention à ce discours ! »

J'adore quand Max met des exemples sur son savoir. Il est capable de tout ramener à un niveau que nous autres simples criminels pouvons comprendre. Le discours concernait toujours les opinions d'une délicieuse jeune femme – sur la vie, etc. – des opportunités, dans la vie, il y en a des tonnes – les études, c'est très, très, très important ! – la clef d'une bonne vie : un travail acharné et aller à l'église ! – la famille – c'est triste pour cet animal de compagnie qui ne va pas très bien – la paix dans le monde, qui est possible de nos jours – si l'on se serre les coudes…

Là où Max voulait en venir, c'était que si l'on se basait uniquement sur les discours pour juger, la seule différence entre elle et le président américain, c'était que lui ne récitait pas sa bouillie en talons aiguilles et en bikini.

Max avait toujours cette comparaison en tête lorsqu'il participait à des négociations internationales – ça passait mieux.

Vu comment le dialogue avait évolué, Max ne put s'empêcher d'en dire un peu plus à Signe sur le secrétaire d'État américain qui occupait la chambre d'amis de Marienborg. Le lendemain, on allait lui servir le nord du Groenland sur un plateau !

Il soupira avec résignation.

« Mais tu peux pas faire ça ! s'écria Signe. Enfin, les Groenlandais manifestent ! Je l'ai vu aux infos, ils défilent. Dans les rues ! Et il y a aussi beaucoup de Danois qui participent. »

Max acquiesça, toujours avec résignation. C'était exactement ça, il aurait dû pacifier toute une horde de Groenlandais furax, plus les gauchistes encore en vie.

« Comment tu voudrais que je fasse, alors ? » Évidemment, il ne put s'empêcher de se vanter un peu. « Je me débrouille juste pour que la presse ne s'intéresse pas trop à eux.

— Mais tu ne peux pas ! s'insurgea Signe.

— Si, sourit Max. Il suffit que la grippe aviaire se pointe à Gammel Holte ! »

Le rictus qu'il affichait était si machiavélique que Max semblait sur le point de se fissurer de fierté. Elle évita de poser trop de questions sur cette histoire de grippe aviaire.

« Mais, les Groenlandais, ils n'ont pas raison ? demanda-t-elle à la place.

— Bien sûr qu'ils ont raison. Ça ne rend pas les choses plus faciles, d'ailleurs ! Mais est-ce qu'il faut sacrifier l'Occident dans son entier pour que 35 familles aient le droit de pagayer où elles veulent et de se farcir des mammifères marins ? »

C'était tout de même un argument valable. Je garde pourtant un avis très positif sur les gens du Groenland. Une fois, un sympathique mais pourtant groenlandais collègue de Christianshavn, Aqigssínguaq Olsen, m'a invité à Nuuk pour participer à un cambriolage très intéressant et enrichissant à la Nuna Bank. Mon voyage et le séjour seraient payés – en plus du partage des bénéfices – mais à la dernière minute, le départ connut des complications du fait que je n'étais plus en liberté.

Je souhaite le meilleur à la contrée la plus septentrionale du royaume – mais il doit y avoir de la raison en toute chose. Et je dois donner raison à Max. Les proportions ! On ne peut pas mettre en jeu la vie et le bien-être de plusieurs millions de personnes en Occident pour 35 familles qui en plus ne voient pas le bout de leur nez la moitié de l'année ! Comment est-ce qu'ils profitent de l'existence ?

« Tu pourrais faire accuser les Groenlandais pour le meurtre ! balança Signe, de but en blanc. D'une pierre deux coups ! »

Elle affichait une mine retorse, et Max trouvait que ça lui allait bien. Mais c'était complètement irréaliste. Tout le monde est à même de comprendre qu'on ne peut pas envoyer clandestinement un Premier ministre mort au Groenland sans que personne ne s'en rende compte. J'ai déjà eu des problèmes à l'aéroport de Kastrup pour un simple coupe-ongle !

Mais ce n'était pas ce que Signe avait voulu dire. C'était encore plus fou !

« Les Groenlandais n'arrêtent pas d'envoyer des cadeaux à la famille royale… » commença-t-elle.

Max eut un large sourire. La fille pensait en amateur.

« Signe, personne ne gobera que les Groenlandais offrent à la famille royale un cadavre de… » Il s'arrêta quand il capta son regard, où une lumière était en train de s'allumer pour de bon.

« Le kayak ? » demanda-t-il.

Elle hocha la tête avec force.

« C'était ce à quoi je pensais ! Tu le remets dans le kayak… »

Max rempila, car il avait compris où elle voulait en venir. Et cette fois, la lumière dans ses yeux était la même que celle dans les yeux de la jeune fille.

« Et j'appelle le type de service à la garde royale ! »

Ils rirent encore tous les deux – c'était vraiment fou ! À cet instant-là, il y avait un incroyable rayonnement de bonne humeur entre eux, simplement parce qu'ils ne pouvaient s'empêcher d'en rire à l'avance.

L'image qu'ils voyaient représente une nuit sombre devant Amalienborg. Deux gardes en uniforme traversent la place du palais royal, portant un kayak. Le kayak est joliment décoré par un grand ruban de soie. Et de l'ouverture soigneusement couverte tombe une cordelette dorée portant une belle carte, faite d'une photo du couple princier et de l'inscription : « *Pilluaritsi !* Félicitations ! »

L'un des gardes tape à la grande porte, et après un moment celle-ci s'ouvre lentement.

Si ça avait été dans l'un de ces merveilleux contes de Hans Christian Andersen, le roi serait venu ouvrir lui-même, en robe de chambre. Mais dans la réalité de nos jours, ça ne se passe pas comme ça – pas même dans la réalité qu'on s'imagine soi-même.

Selon la scène que s'invente notre duo dépareillé, c'est l'intendante de la maison royale qui vient ouvrir. Et ce n'est quand même pas rien, d'autant qu'elle est en pyjama sous sa robe de chambre, et que sa coiffure est une réplique fidèle des coiffures de lendemain d'anniversaire.

L'intendante regarde d'un air sinistre les deux perturbateurs de paix nocturne.

« Qu'est-ce que c'est ? demande-t-elle sèchement. Qu'est-ce que vous voulez ?

— Annonce ! hurle alors si fort le garde que le teckel à l'intérieur du palais se réveille et commence à aboyer. Cadeau pour le couple princier. Anniversaire de mariage. C'est un cadeau du peuple groenlandais !

— En plein milieu de la nuit ? » Pas étonnant que l'intendante soit surprise.

« Le ministère de l'Intérieur nous a appelés », explique alors le garde d'une voix plus normale. Le teckel a arrêté d'aboyer – peut-être qu'une quelconque âme charitable lui a jeté une cuisse de *confit de canard**. « Celui qui a téléphoné a dit s'appeler Hartvigsen. »

Celui-là, l'intendante le connaît très bien, et quand le garde ajoute que ce Hartvigsen a appelé avec le téléphone personnel du Premier ministre, elle conclut qu'il n'y a aucune raison de douter de l'authenticité de l'affaire.

* En français dans le texte.

Le garde peut alors expliquer à l'intendante qu'on leur a demandé d'aller chercher le kayak dans l'ancienne remise près de Marienborg. Les services de sécurité l'avaient fouillé – en cas de bombes et autres bagatelles – mais il était apparu qu'il ne contenait que des délicatesses groenlandaises – eiders confits, perdrix des neiges, cuisses de rennes crues, guillemots séchés, viscères de morse, foies de phoques crus – ce genre de friandises, quoi !

« Sacré bon sang ! » éructe l'intendante spontanément. Elle avait participé à d'innombrables croisières estivales sur le navire royal et s'était déjà enfuie d'une ribambelle de buffets du terroir le long de la côte.

Il s'agit alors de faire disparaître tout ce bazar, avant que le kayak n'ait une fuite ! En revanche l'intendante de la maison royale ne comprend toujours pas pourquoi cela doit forcément avoir lieu en pleine nuit.

Mais Hartvigsen a déjà expliqué ça aux gardes. C'est en effet une affaire assez ennuyeuse, le service de sécurité ayant oublié de faire venir un transporteur. Le kayak était donc resté tout bêtement dans la cabane !

Alors, l'intendante comprend tout.

« Que Dieu nous garde ! couine-t-elle. Si on apprend que nous avons d'abord été méfiants avec un cadeau groenlandais avant de le laisser traîner dans un cabanon… »

Elle ose à peine y penser : dans le climat politique actuel, une telle histoire ferait l'effet d'une bombe ! Les Groenlandais sont assez furibards comme ça !

Elle s'empresse de signer un reçu antidaté de la veille, puis les gardes se glissent avec une extrême discrétion dans la salle des cadeaux du couple princier pour y déposer le lourd kayak, à côté des douze dents de narval, d'une tête empaillée de morse et des 712 napperons brodés de perles.

L'intendante secoue sa tête décoiffée avec résignation et envisage rapidement une extension au palais de Christian X et la construction secret-défense d'un incinérateur.

Ils étaient tous deux impressionnés par leur propre imagination – Max autant que Signe. Ils avaient monté cette fable délirante en s'ôtant mutuellement les mots de la bouche, façon Riri, Fifi et Loulou. Le plus fantastique dans tout ça, c'était qu'en fait, c'était réalisable !

L'histoire était devenue un plan, un plan qui allait chercher si loin que personne ne pourrait s'imaginer qu'il avait été réfléchi. C'était faisable ! Il fallait simplement s'y mettre !

La seule chose que Max regretta par la suite, c'est que même s'il avait appelé la garde royale en se faisant passer pour Hartvigsen, l'homme ne fut jamais vraiment impliqué.

Signe était d'une humeur éclatante et pétillait d'idées. Ce fut elle qui trouva la solution. D'abord, Max devait envoyer le maintenant célèbre sms du Premier ministre pour attirer Hartvigsen jusqu'à la remise. Ensuite, Signe appellerait tout simplement la police de Lyngby en se faisant passer pour une résidente locale. Elle se plaindrait qu'une horde de

Groenlandais était en train de chanter et de taper sur des tambours près de la location de kayaks, et qu'elle ne pouvait pas dormir.

C'était absolument sans risques, puisque la police se contenterait de suivre la procédure habituelle : s'en tamponner le coquillard. Mais ! Ils feraient un rapport et l'événement serait donc consigné !

Ensuite, il y aurait un bazar pas possible. Une fois révélé le cadeau des Groenlandais à la famille royale – un Premier ministre mort dans un kayak –, ils perdraient tout soutien de l'opinion publique – et commenceraient même à se méfier les uns des autres. Et Max pourrait faire tous les arrangements qu'il voudrait pour Thulé – qui s'en soucierait ?

Mais attendez le plus important : à l'instant où le téléphone du Premier ministre sonnerait dans le tiroir du bureau de Hartvigsen, ce crétin serait foutu !

Max, aux anges, regardait Signe, comme il n'avait jamais regardé personne auparavant. Je n'ose pas dire avec admiration, parce que les mots ne doivent pas dépasser la réalité… Mais pas loin. Ils avaient travaillé sur ce problème tous les deux, à égalité, main dans la main, et voilà qu'ils avaient trouvé !

Tout lui réussissait maintenant ! Il revenait de loin, depuis le moment où Signe hurlait parce qu'elle était nez à nez avec le Premier ministre à l'envers. Il avait fait du chemin, à travers les renversements et remaniements successifs, jusqu'à se retrouver avec une partenaire accomplie.

En fait, c'était plus qu'une réussite – c'était une victoire héroïque !

Personne ne penserait à soupçonner Max. Il n'avait absolument aucun lien avec l'affaire – et par ailleurs, ce serait aussi lui qui donnerait l'alarme ! Et s'il servait Thulé aux Américains, la route était toute tracée pour un poste important à l'OTAN !

Max prévoyait déjà comment tout allait se dérouler. Il se voyait déjà installé dans son grand bureau à Bruxelles…

« Je ne suis jamais allée à Bruxelles », dit Signe.

Cela lui donna une idée :

« Tu pourrais venir me rendre visite ! » C'était sorti tout seul. « Je pourrais te faire visiter la ville ! »

Elle hocha la tête. Elle voulait bien !

« La Grand-Place, le Manneken-Pis, la rue des Bouchers ! »

Elle eut un grand sourire : ça roule !

« On pourrait aller manger au resto !

— Oui, répondit Signe en se levant lentement. Si on a faim. »

Il était allé trop loin, elle avait raison. Mais bon sang, elle ne pouvait en aucun cas penser qu'il avait des vues sur elle ou quoi que ce soit qui y ressemblait de près ou de loin. Il n'y avait rien d'autre que la joie d'apprécier la personne qu'on a rencontrée. Et cette personne venait de dire qu'elle allait lui rendre visite…

« Tu le penses ? demanda-t-il gravement. Tu viendras me rendre visite ? Tu le promets ?

— Il me tarde ! » sourit-elle.

Mais ça ne suffisait pas – c'était soudain devenu très important pour lui.

« Et tu le promets ? »

Il lui importait beaucoup qu'elle se rende compte qu'en disant oui, elle les propulsait dans une nouvelle phase. Il venait de perdre un ami, qui gisait maintenant sous un ballon météo dégonflé – et il n'avait pas osé penser qu'il retrouverait quelqu'un aussi vite.

« Je viendrai te rendre visite ! » redit-elle patiemment en souriant. Puis elle ajouta, forçant tant sur le ton plaisantin qu'on ne pouvait douter de son sérieux : « Et je tiens mes promesses ! »

Elle porta trois doigts à sa tempe et salua avec son chapeau scout imaginaire.

Max fondit. Que pouvait-il faire pour elle ? Un truc qui ne serait pas mal compris ?

Son regard glissa sur la bouteille de Glenfiddich. Il la saisit et la tendit à Signe.

« C'est l'arme du crime ! » hurla-t-elle, effrayée.

Max secoua la tête.

« Était ! dit-il. C'était l'arme du crime – pas *est* ! »

Elle comprit le message, et vit que c'était aussi un acte de confiance : il venait de mettre ses empreintes sur la bouteille. Courageux ! Et incroyable.

« Ramène-la chez toi ! insista-t-il. C'est un excellent whisky : tu pourras épater tes amis ! »

Elle eut un petit sourire.

« Mes amis ne sont pas capables de faire la différence. »

Alors, il osa pour la première fois cette simple main paternelle sur son épaule, qui peut si facilement être mal interprétée quand on ne saisit pas sa valeur exacte.

« Trouve quelqu'un qui en sera capable », dit-il paisiblement.

Puis il enleva sa main de l'épaule de la jeune fille et s'en frotta les yeux, pour que tout puisse redevenir sec et normal.

Il avait gagné. Exactement comme il l'avait escompté. Non, pas exactement… Il avait gagné plus que ce qu'il avait escompté.

« On s'y met ? » demanda-t-il alors. L'activité résout bien des choses.

Signe était d'accord. Elle sortit son horreur rose fluo, pendant que Max vidait ses poches et jetait les deux téléphones démontés sur la table.

« N'utilise pas le tien, dit-il. Prends celui de Tom !

— Et le tien, on attend avant de l'assembler, c'est ça ? »

Il acquiesça – elle était futée.

« Je l'allumerai quand je serai de retour à Christiansborg. »

Elle lui tendit le téléphone argenté et la batterie – elle se souvenait que c'était le sien, l'argenté ! Il le remit dans sa poche.

En un clin d'œil, elle avait assemblé le téléphone noir, et la tonalité Nokia bien connue se fit entendre.

« Tu commences par quoi ? demanda-t-elle. Le sms ? »

Max secoua la tête. Il voulait d'abord appeler la garde royale de la reine. En d'autres termes : il avait hâte de piéger Hartvigsen.

Ce pigeon !

XV

Un chapitre bien court, où l'on résume simplement la victoire finale de Max.

Tout fonctionna selon le plan établi.

Il ne pouvait pas en être autrement. Dans le cas contraire, Max aurait eu honte. Et moi, j'aurais été déçu. Ce serait dommage d'écrire une épopée à la gloire d'un héros qui se plante à la fin.

Mais Max ne se planta pas. Il mena le plan à terme. Il m'a bien entendu fallu compresser le récit, mais initialement, il m'a été transmis sur une très longue période – parfois au compte-gouttes. Néanmoins je trouve que la classe de Max ressort très bien. Puisqu'il commence dans une situation critique et fait évoluer son plan de façon harmonieuse. Il est presque émouvant d'observer comment il a considéré chaque faiblesse, chaque obstacle sur la route, pour les intégrer au plan lui-même, lequel a débouché de manière tout à fait naturelle sur un incontestable triomphe – un succès exemplaire !

Ça avait été une nuit fantastique, et le matin approchant, il ramena Signe chez elle. Elle habite à Lundtofte dans une résidence aux loyers raisonnables. Max décida immédiatement de contacter l'une de ses relations pour lui trouver quelque chose de mieux.

Quel intérêt de raconter ce qui advint après ?

Tom eut droit à des funérailles nationales. Mais en cercueil, bien sûr – en kayak, ça aurait eu l'air idiot.

Et ce fut un sacré foutoir ! Max n'en avait pas attendu moins.

Mais paradoxalement, le tollé fut si important qu'il aurait pu s'épargner le coup de la volaille à Gammel Holte. Même s'il n'y avait pas eu un renard, personne n'aurait pris le temps d'écrire sur autre chose. Le meurtre du Premier ministre éclipsa tout le reste.

Comme un seul homme, les journaux s'accordaient à dire que le mouvement nationaliste groenlandais devait être à l'origine de l'assassinat. Comme ça ! Les Groenlandais pouvaient nier autant qu'ils voulaient, personne ne les croyait. Tout était de toute évidence de facture groenlandaise – et ils avaient un mobile : ça faisait quinze jours qu'ils le scandaient en chœur devant Christianborg !

De plus, il y avait un rapport de police à Lyngby concernant un tapage nocturne. Un coup de téléphone avait été enregistré indiquant que des Groenlandais chantant et jouant sur des instruments à percussion avaient été aperçus près de la baraque à kayaks justement cette nuit-là !

Les partisans de l'affaire Thulé perdirent immédiatement toute sympathie auprès de la population – même au Groenland.

Et Max avait eu le plaisir d'être invité à un agréable repas à l'ambassade américaine. Les Américains adorent les gens qui obtiennent des résultats !

Hartvigsen ? Oui, il s'est retrouvé avec de menues explications à fournir ! Juridiquement il s'en est tiré, mais les indices étaient là, et plus personne ne voulait avoir affaire à lui. Aux dernières nouvelles, il paraît qu'il divorce – ce qui n'est jamais très plaisant, pas vrai ? On dit aussi qu'il dort chez sa mère en attendant – ça doit le changer.

Ce n'est pas bien de se vanter, et Max s'en abstint.

Mais nous autres, petits bricoleurs de la profession, avons le droit d'applaudir.

Peu de gens sont capables de monter un tel plan.

Il faut penser absolument à tout.

C'est ce que Max avait fait !

Ou presque.

LE DÉNOUEMENT

Cette partie, je l'ai vécue moi-même !

J'y étais !

J'ai entendu chaque mot, vu chaque mouvement de mes propres yeux, et même senti l'odeur quand le papier aluminium a été retiré de l'assiette tiède, je l'ai sentie se frayer un chemin jusque dans mon propre nez.

Voici donc un témoignage de première main, ou tout du moins de l'œil, de l'oreille et du nez.

Et c'est cette expérience qui m'a poussé à écrire tout ça. Pas spécialement pour les générations futures – en quoi ça me regarde ? Mais pour le présent. En effet, le présent est tout aussi ignorant que l'avenir de ce qui est arrivé, et l'histoire de mon personnage principal *doit* être racontée. Et elle doit être racontée par moi, parce qu'il n'y a pas d'autre moyen.

Qui aurait connu Ulysse, si Homère n'avait rien écrit ? Si Marc, Matthieu, Luc et Jean l'avaient bouclée, les gens d'aujourd'hui ne diraient-ils pas « Jésus qui ? ». Et sans les tabloïds à sensation, qui aurait ne serait-ce que soupçonné l'existence d'une strip-teaseuse nommée Kira ?

En réalité, une personne n'existe pas vraiment si personne n'est au courant.

Et c'est inacceptable !

C'est pourquoi j'ai écrit cet hommage – et comme vous le verrez bientôt, il est destiné à la personne la plus rusée, douée, la personne la plus réfléchie que j'aie jamais rencontrée dans une cellule de prison.

Je m'achète un chapeau rien que pour pouvoir le lui tirer !

XVI

Où l'on découvre comment le plan parfait de Max n'a que presque réussi. Cela demande un changement de décor – c'est parti.

Ce jour-là, nous n'avons pas eu du boudin.

Et c'était tant mieux. Avec tout le respect que je dois au boudin, tout changement est le bienvenu quand le quotidien se transforme mollement en « train-train ».

C'était du ragoût de volaille façon asiatique. Max souleva légèrement l'aluminium, et quand l'odeur fut à portée de ses narines, il grimaça. Le gardien Petersen s'était sans doute attendu à une réaction un peu plus positive en apportant nos assiettes. Il avait l'air déçu en ressortant de la cellule, et je sentais moi aussi la réticence de Max vis-à-vis du menu. Bien que de l'eau ait coulé sous les ponts, il restait méfiant envers la volaille asiatique.

De manière générale, Max n'était pas satisfait de la prison de Herstedvester, vraiment pas. Il n'avait pas d'autre point de comparaison que son quatre pièces à Nybrogade – je suppose que ça a été un sacré chamboulement de partager 11 m^2 avec moi. Même si j'ai maigri. Dans ce domaine, j'ai bien entendu beaucoup plus d'expérience, et pour ma part, je ne trouve pas que Herstedvester soit si désagréable que ça. OK, ce n'est pas la nouvelle et luxueuse prison d'État dans l'est du Jutland, mais pas non plus ce trou de Nyborg !

Dans tous les cas, c'est un bon endroit pour se rencontrer, parce qu'on a vraiment le temps d'apprendre à se connaître. Les conversations ne sont pas interrompues en permanence, ce qui permet des discussions d'excellente qualité.

Max et moi parlions chaque fois que l'occasion se présentait. En gros, quand on ne dormait pas. Bien sûr, c'était le plus souvent moi qui engrangeais pendant que Max racontait. Parce qu'il avait plus de choses à dire.

Et tout comme c'était une chaîne de simples hasards qui l'avait conduit à la catastrophe, c'était également un hasard qui avait fait se fissurer tout son plan.

Max ne se répandit pas en cris et en pleurs quand il m'expliqua comment c'était arrivé. On peut lui reconnaître qu'il prenait la défaite avec contenance. Quelle classe !

C'était une petite chose toute bête qui avait fini par devenir décisive :

Dans toute organisation, il y a toujours un petit *geek* agaçant qui continue de fouiller même une fois l'affaire classée. Il y en avait justement un comme ça dans la police – ils n'avaient pas encore réussi à lui trouver une vraie occupation.

Un certain temps était passé, pas mal de temps d'ailleurs. Alors le type s'était rendu compte que c'était la batterie de Max dans le téléphone de Tom. Et inversement.

Mais enfin, comment a-t-il eu l'idée d'aller vérifier ça ? Incompréhensible.

Ce n'était rien, bon sang, un détail ! L'inversion avait pu arriver à tellement d'occasions. Mais elle fit repartir la police à zéro, alors qu'elle était sur le point de classer l'affaire. D'un coup, tout le tremblement était de nouveau en route ! Et d'autant plus facilement qu'ils avaient maintenant une piste à suivre. Une piste qui ne leur serait jamais venue à l'idée.

D'abord, il y avait les traces de pneus à la remise à kayaks, et quand ils ont commencé les recherches ADN… c'était bouclé.

Mais personne, personne n'aurait eu l'idée de soupçonner Max ou de vérifier quoi que ce soit en rapport avec lui, si Signe et lui n'avaient pas interverti les batteries !

Ils étaient tellement heureux cette nuit-là dans la cabane – folâtres, surexcités même. Dans ces cas-là, on oublie facilement les détails.

Je peux comprendre que le lecteur s'étonne que je raconte tout ça. J'ai clamé depuis le début que j'allais parler d'un plan parfait. Pas de flop façon bande à Egon Olsen – non, succès et efficacité d'un homme d'État. Et pourtant, ça s'est mal passé !

Pourquoi je raconte tout ça ?

Parce que ça peut être une consolation pour beaucoup.

Un exemple du fait que ça peut mal se passer même pour le meilleur d'entre nous. Il n'y avait pas de problème avec ce plan – il y a seulement eu un accident, dont on *ne peut pas* se préserver.

On peut acheter un parapluie si le temps est à la pluie, mais rester sans défense devant une bouche d'incendie qui explose sur le trottoir. Ça ne fait pas du parapluie une mauvaise idée.

Mon hommage est donc tout à fait justifié ! Intact et réaliste !

Mais malheureusement, autre chose est arrivé ce jour-là – et j'en suis désolé. Et je suis forcé d'appeler ça une surprise.

Petersen est revenu. Il y avait une visite pour Max. Pas pour moi : mes connaissances commencent à être fatiguées de ces allées et venues. Mais Max n'avait jamais reçu de visite. Qui aurait bien pu venir, étant donné que Tom avait comme qui dirait un empêchement ?

Habituellement, les visites ont lieu dans la pièce des visites, mais cette fois, Petersen avait dû penser qu'il y aurait quelque chose d'un peu lourd à enfermer cette jeune fille et un prisonnier dans une salle où l'ameublement invitait à tirer le plus grand profit de la visite d'une épouse ou d'une petite amie.

C'est pourquoi il avait laissé la fille venir à la cellule – et je me suis senti d'un coup investi du rôle de compagnon de cellule chaperon.

« Trente minutes ! » dit Petersen. Et il repartit.

Dès l'instant où Signe entra dans la cellule, je fus complètement ignoré. Elle dit bonjour à Max, mais ce fut comme si elle n'avait pas remarqué qu'il y avait quelqu'un d'autre dans la pièce. J'étais réduit à une mouche sur le mur – peut-être que c'est l'image de ma vie ? Il faut que j'y réfléchisse. À un moment ou un autre.

Jean, sweat – bleu, cette fois – et large sourire. Voilà ce qu'on remarquait. Et en plus, elle avait réussi à faire entrer un sac à dos dans la cellule. Il avait sûrement été scanné, passé aux rayons X et tout ça, il ne fallait donc pas compter sur une lime ou ce genre d'ustensiles de première nécessité.

Max s'était figé. Il avait perdu la contenance qu'il avait pourtant gardée de façon si impressionnante. Combien de temps était passé depuis la dernière fois qu'ils s'étaient vus ? Six semaines, je pense – et si Max avait beaucoup parlé de la fille, il n'avait sûrement pas imaginé la revoir un jour. Surtout pas ici !

Elle posa délicatement le sac par terre. Puis lui adressa de nouveau un grand sourire, dans l'expectative.

Sans résultat. Max était à côté de la plaque à un point que je ne pensais pas possible. Il la regardait juste fixement, sans même avoir l'idée de lui retourner son sourire.

Elle dut alors briser la glace – ou quoi que ça puisse être.

« J'avais promis de te rendre visite ! » dit-elle.

Nom de… Qu'est-ce qu'il pouvait bien répondre à ça ?

Au bout d'un moment, il fut forcé de lâcher le soupir qui était coincé dans sa gorge :

« Oui mais, ça aurait dû être à Bruxelles », se plaignit-il doucement.

Signe haussa les épaules.
« Je tiens mes promesses ! »
Une visite est une visite – d'autant que le changement de destination avait facilité le voyage.
Enfin, Max se reprit. Il était temps.
« Signe… commença-t-il. Tu n'imagines pas combien… Je suis très content de te voir ! »
Ne tiquons pas là-dessus, ce n'était pas si facile que ça pour lui. On peut se demander s'il avait jamais dit cette phrase à quelqu'un.
« J'ai beaucoup pensé à toi…
— C'est la vérité que tu as choisie ? »
Eh oui. C'était ce qu'il lui avait expliqué ce soir-là – que dire la vérité consistait simplement à feuilleter le catalogue des possibilités.
« Il n'y avait pas d'autre choix, cette fois », répondit-il en souriant tristement – presque timidement.
La mouche sur le mur tendit l'oreille : était-ce à une capitulation qu'elle assistait ? Ou à une nouvelle initiative tactique fort rusée ?
« Toutes ces conneries n'ont plus de sens, Signe. Les choses sont… comme elles sont. »
C'était bien une capitulation.
Elle acquiesça, l'air grave.
« Oui. »
Ils se regardaient dans les yeux, et ce fut comme s'il avait d'un coup besoin de soulager son… Oui, son cœur, sans doute.
« Cette nuit-là dans la cabane… commença-t-il pour lancer le sujet qui fâche. Je sais bien que je t'ai nourrie de tout ce que tu pensais vrai, que je t'ai

abreuvée de tout ce que tu voulais entendre. Mais c'était pour te rallier à ma cause !

— Oui, oui, t'en as mis une sacrée couche, et alors ? »

Elle se pencha pour attraper le sac à dos, mais il posa sa main sur son épaule. C'était important !

« Je l'ai fait pour toi, Signe. Sinon, j'aurais été forcé de te tuer aussi. Et je ne le voulais pas !

— Oui, oui, tu as été bon. Détends-toi !

— Je *suis* bon ! Ceci est un accident ! »

Même les gens qui sont en pleine capitulation, humiliés, peuvent se sentir offensés. Mais Signe s'en moquait pas mal, elle avait hâte de lui montrer ce qu'il y avait dans le sac.

Elle défit les boutons – le premier faisait des siennes – puis dégagea, rayonnante, un gros nounours jaune qu'elle plaça dans les bras de Max.

« J'ai rigolé avec le gardien, et il a oublié de regarder dans mon sac. » Et apparemment, les ours en peluche ne font pas sonner les portiques de sécurité.

Il resta là, un peu perdu avec son nounours dans les bras, pendant qu'elle attendait fermement sa réaction.

« T'en penses quoi ? » demanda-t-elle.

Max déglutit.

« J'en pense qu'il risque de ternir un peu mon image dans le couloir. »

Je me dépêchai de regarder ailleurs. Certes, j'étais une mouche sur le mur, mais les mouches sont censées être discrètes et ne pas afficher de sourire spontané. Il ne fallait pas s'attendre à des louanges pour ma discrétion : pour Max et Signe, je n'existais pas.

« Mais… ! » Signe gloussait pendant que Max dévissait la tête de l'innocente créature.

« Tadaaaaa ! »

De l'intérieur de l'ours en peluche sortit une bouteille de Glenfiddich 30 ans d'âge, pur malt, de chez Gordon & MacPhail à Elgin.

« Et deux verres ! »

La bouteille non plus, Max ne s'attendait pas à la revoir un jour.

Signe voulait l'aider à surmonter son embarras, mais c'était comme si je commençais à sentir quelque chose de fébrile chez elle. Vraiment ? Ou est-ce que je me trompais… Ce n'était rien d'autre qu'une vague impression.

« Tu as dit que je devais la boire avec quelqu'un qui sentirait la différence.

— Mais je ne bois pas, Signe !

— Pourquoi pas ?

— Parce qu'il faut que je fasse attention ! s'écria-t-il, pas loin de s'emporter. Ça me rend sympathique ! »

Ça la fit rire. Bizarrement !

« Eh bien, voyons si les gens d'ici arrivent à s'y faire. »

Depuis le banc près du lavabo, je m'autorisai un sourire et un pouce levé en sa direction, mais j'aurais pu m'en passer. Elle était occupée à tripoter le bouchon de la bouteille.

« Nous aurions dû la boire ensemble ailleurs qu'ici, Signe, dit le pauvre Max. Si seulement ce *geek* n'avait pas remarqué l'histoire des batteries ! Habituellement, ils ne sont pas si malins. »

Signe leva rapidement la tête. Un peu de nervosité dans le regard ?

« Malins ? répéta-t-elle. Je n'appelle pas ça être malin. J'ai attendu un mois pour voir s'ils s'en rendraient compte. Mauvais pari. »

Elle baissa les yeux vers la bouteille.

« Alors j'ai dû envoyer la lettre. »

XVII

Dans lequel Max prend conscience de quelque chose. Quelque chose qu'il n'avait pas remarqué avant. Peut-être devrons-nous même nous demander si Max n'a pas été naïf...

« Envoyer la lettre... ? »

Qu'est-ce qu'elle voulait dire par « envoyer la lettre » bon sang ? Quelle lettre ?

Signe soupira – cet instant-là, elle ne l'avait pas attendu avec plaisir, mais il fallait bien en venir à bout.

« Ben oui, je voulais d'abord leur laisser une chance, tu vois – qu'ils se débrouillent tout seuls, commença-t-elle, presque maussade. Mais ça n'avançait pas vite, hein ? Alors j'ai été obligée de leur donner un indice, sinon ils n'auraient jamais trouvé. »

C'est à ce moment-là que j'ai commencé à comprendre comment tout était relié. Ou une partie, en tout cas. Et si je commençais à comprendre, je supposais que ça devait déjà être limpide pour Max.

« Ce soir-là... » Il la regardait, complètement incrédule. « Tu as échangé les batteries – intentionnellement ? »

Elle déglutit, puis hocha la tête. Elle l'avait fait exprès. Bien sûr qu'elle l'avait fait exprès. Il lui avait lui-même expliqué le coup des numéros.

« Alors je suis ici par ta faute ? » Max avait compris, mais il refusait de se l'avouer jusqu'au bout.

« Je trouvais que c'était plus juste ! se défendit Signe. Et je ne trouvais pas ça honnête envers les gens de Thulé, vraiment pas. Maintenant leur situation s'est améliorée – ils vont pouvoir utiliser ça pour annuler l'accord. »

Les yeux de Max s'assombrirent. « Plus juste ?!? » Il balança les deux verres qu'elle lui avait offerts contre le mur de la cellule, où ils éclatèrent en mille morceaux. « Ah, tu trouves ? Plus juste ??! »

Elle se recroquevilla devant ce qu'elle avait craint. Mais maintenant, plus rien ne le retenait. Trahison, trahison, trahison ! Encore ! Par elle, cette fois ! Tout avait été une illusion, et le voile devant ses yeux venait d'être brutalement arraché. La rage avait la voie libre, et le désespoir affluait avec une colère si grande qu'il devenait évident qu'il tenait vraiment à elle.

« Je t'ai protégée dans cette histoire, Signe ! siffla-t-il. Je n'ai pas dit un mot à ton sujet ! Et toi tu balances tout ! Tu as trahi notre accord – on avait un accord, tous les deux !

— Je t'ai promis que j'allais réfléchir avant de contacter la police. Et c'est ce que j'ai fait ! Pendant un mois ! » Elle l'implorait pratiquement de comprendre. « Ne sois pas fâché. J'ai amené ça pour qu'on passe un moment agréable ensemble ! »

Elle brandissait la bouteille devant lui, mais il l'ignora.

« Tu leur as envoyé une lettre avec un indice, dit-il en cherchant son souffle, et maintenant je suis en taule ??

— Parce qu'ils étaient longs à la détente, oui ! J'ai attendu un mois, je te dis ! »

Elle avait maintenant les larmes aux yeux. La réaction n'était bien entendu pas surprenante, mais elle avait tellement espéré…

« Arrête ! supplia-t-elle. C'est pas pour ça que je t'apprécie moins, tu sais ! »

Max lui lança un regard mauvais. Le mépris s'invitait sur le champ de bataille bien avant la réflexion.

« Alors c'est le scout en toi qui a gagné, c'est ça ? se moqua-t-il. Éthique et morale, hein ? Toutes ces foutaises ?

— J'en sais rien ! hurla-t-elle, au désespoir. Plutôt mon propre vécu, je crois. »

Maintenant, Signe se laissait également gagner par la colère, mais elle n'arrivait pas à évacuer la chaleur de ses yeux. Elle n'avait pas cette capacité-là. « J'ai peur que cette fois… c'est moi qui aie été un peu cynique. » Mais elle pouvait toujours lui servir l'ironie la plus simple, si c'était ce qu'il voulait : « Désolée ! »

Désolée ?! Bordel, qu'est-ce qu'elle s'imaginait ? Se pointer ici pour dire désolée !

Max, hors de lui, l'attrapa par les deux épaules et commença à secouer la fragile silhouette féminine, qui se laissa faire, comme vidée de ses forces.

« Tu trouvais que c'était plus juste, c'est ça ? Parce que c'était moi qui l'avais tué !

— Non, non, je ne suis pas comme ça ! cria-t-elle. C'était pour tout le reste ! »

Il la projeta par terre. Était-ce là que je devais intervenir ? J'étais sur le banc, frémissant, le dos collé au mur. J'hésitais.

« Comment ça, tout le reste ? éructa Max. Il n'y a rien d'autre ! Tu es là avec ta morale de scout et tes grands yeux bleus et ronds, si naïfs. Tu me fais mettre en prison pour une génération et tu crois que tu peux tout régler en te pointant toute pimpante avec une peluche à la con remplie de ce putain de whisky ! »

Il lui arracha la bouteille des mains et la leva au-dessus de sa tête, menaçante. Je ne pouvais plus hésiter ! Stop, plus de meurtre ! Je bondis depuis le banc sur Max et le bousculai. Il chancela et percuta la porte à barreaux. Il fut sur pied immédiatement, et pendant un instant sa colère fut dirigée vers moi. Un très court instant ! Il leva ses deux poings serrés en l'air tout en me balançant un solide coup de pied pile dans l'entrejambe. Je m'écroulai par terre, et la mouche sur le mur n'était plus qu'un tas sur le sol.

Tout ce qui est arrivé juste après ce moment-là, je l'ai vu comme à travers un épais brouillard, et tout ce que j'ai entendu semblait venir de très, très loin.

Max se retourna vers Signe, qui était à genoux et le fixait, terrifiée.

« Tout d'un coup, ça n'a plus aucun rapport avec le fait que j'ai tué Tom, continua-t-il, railleur, comme si mon attaque n'avait même pas eu lieu.

— Tu n'as pas tué Tom ! » pleura-t-elle.

Il agita la bouteille devant ses yeux.

« Je l'ai tué avec cette bouteille ! » siffla-t-il. Bon sang ! C'est pourtant avec ça que tout avait commencé !

Signe se leva et saisit la bouteille de ses mains en un clin d'œil, sans qu'il ait le temps de réagir.

« Non ! hurla-t-elle. Tu l'as *frappé* avec cette bouteille. Pas tué ! Juste frappé ! »

Il secoua la tête et recula d'un pas.

Signe laissa ses bras retomber mollement avec la bouteille de whisky.

Puis elle commença à expliquer – doucement.

« J'avais oublié mon téléphone, cet après-midi-là, et je suis revenue pour le chercher.

— Oui ! répondit-il, irrité. Je m'en souviens.

— Non, tu ne t'en souviens pas, répondit-elle. Tu n'étais pas là la première fois. La deuxième fois non plus, d'ailleurs. »

Il la regarda, surpris. De quoi parlait-elle ?

Quelle deuxième fois ?

XVIII

Où ce qui était grave devient pire. Et peut-être que c'est mieux comme ça ?

Dcuxième fois ?

Elle était revenue une fois, avant lui ? D'un coup, cela frappa Max comme un coup de savate : Tom n'était pas là où il l'avait laissé en partant ! Quand Max était revenu de sa courte excursion et sa pause réflexion sur l'aire de repos, il s'était étonné de voir que Tom avait bougé de l'autre côté de la table.

Il observait Signe, dans l'attente. Celle-ci inspira profondément. Elle avait espéré que le coup de ces satanées batteries suffirait, mais ça n'était pas passé. Il fallait mettre le paquet.

Ses yeux étaient vides, mais elle ne pleurait plus – et d'après mes souvenirs, voici son récit :

« Quand je suis entrée dans la remise, je l'ai immédiatement reconnu, commença-t-elle d'une petite voix. Le Premier ministre. Il était en train de revenir à lui. Il a demandé qui j'étais ! Et d'un coup, c'est comme si quelque chose avait été écorché en moi. D'un coup, tout a déferlé… Ce que je devais dire… Qui j'étais. Désolée, je sais qu'on devait juste passer un moment agréable. »

Elle renifla et s'essuya le nez d'un revers de main tout en regardant fixement Max.

« Tout était de nouveau là, Max. Martin… Tu sais, mon copain… Qui était adorable et plein de vie et qui riait avec moi, il est… Maintenant il est mort. Et pourquoi ? Pourquoi est-ce que mon copain, qui allait devenir mon mari… Pourquoi est-ce qu'il n'est plus avec moi ?

« Parce qu'il devait me protéger, et protéger nos enfants et cette maison qu'on n'a jamais pu avoir ? Hein ? C'est pour ça que Martin devait mourir ?

« Est-ce qu'il devait mourir pour que ceux qui ont retiré l'éclat de ses yeux puissent vivre ? Est-ce qu'il a sacrifié sa vie – ma vie, notre vie – pour protéger tout ce qui lui était cher ? Est-ce que c'est pour ça que Martin est mort ? »

Il n'y avait pas de colère, c'était le désespoir qui la poussait à questionner. Et c'était parce qu'elle connaissait déjà la réponse que le désespoir était si fort.

« Non ! Non, Max. Martin est mort… Pour rien du tout ! Tu m'entends : pour rien du tout ! Maintenant, compare ces mots à la valeur d'une vie humaine. La vie de mon Martin ! Compare-les à une petite famille, qui n'existait même pas encore. Pour – rien – du – tout ! »

Max l'observait, avec impuissance.

« Juste pour que celui qui se traînait devant moi puisse porter la même cravate que les hommes les plus puissants du monde ! » reprit Signe, et son regard, qui était tourné vers Max depuis le début de son récit, le transperçait maintenant. Elle avait traversé la douleur, ne manquait plus que la délivrance.

« Et voilà que le type se tenait devant moi, lui qui avait envoyé Martin loin, et qui peut-être allait en envoyer d'autres loin d'ici. Il était en train de récupérer, et il voulait savoir qui j'étais… ? »

Elle secoua la tête. C'était incroyable, que justement lui, entre tous, ait osé lui poser une question aussi intime !

« Alors j'ai pris la bouteille ! continua-t-elle. Il voyait bien ce que j'allais faire, alors il a essayé de ramper pour s'échapper. Il a eu le temps d'atteindre l'autre côté de la table, mais je l'ai rattrapé. Est-ce que Martin avait eu le droit de s'échapper ? »

Elle renifla encore et haussa les épaules.

« Alors je l'ai frappé. Juste une fois. Fort. Pile sur sa blessure, là où tu l'avais déjà frappé. Cette fois, il ne risquait plus de se réveiller. »

Elle se laissa tomber sur le banc, là où je me tenais un peu plus tôt.

« Et tu sais ce qu'il y a de plus stupide dans cette histoire ? renifla-t-elle en s'essuyant les yeux. J'ai encore oublié mon téléphone ! »

Elle lâcha un petit rire, parce que c'était vraiment ridicule. Max était complètement paralysé. Son esprit analytique si rapide se traînait, comme s'il y avait eu des limitations de vitesse drastiques sur chacune de ses synapses. Il alla doucement s'asseoir près d'elle.

Il fallait qu'il arrive à assimiler tout ça.

« Tom n'était pas mort quand je suis parti ? »

Elle secoua la tête.

« Mais il l'était quand je suis revenu ? »

Elle acquiesça.

Max avait le regard vide, fixé quelque part devant lui. Toute agressivité s'était évaporée, et il commençait à faire le lien. Quand il parla, il garda les yeux baissés, car ce n'était pas une démarche, mais seulement un constat.

« Tu es douée. »

Signe baissa les yeux, gênée. Elle était du genre modeste.

« Merci.

— Je n'avais aucune idée de ton engagement politique.

— Ça n'avait rien de politique, c'était personnel ! » Pour elle, c'était une défense essentielle, là où pour lui cela aurait été exactement l'inverse.

« Je ne sais même pas si c'était la bonne chose à faire, reprit-elle. Il n'était pas pire que vous autres – enfin, je ne crois pas. Ce sont les circonstances qui sont à l'origine de tout ça, Max. Ça aurait été pareil si un autre avait été à son poste, parce que les circonstances auraient été les mêmes – mais c'était lui. C'était tout à fait personnel – je ne pouvais pas le supporter. »

Pour des gens comme Max, même passablement secoués, il vient un moment où l'agencement des faits et données est terminé, et la conclusion suit de près. Max posa encore une fois ses mains sur les épaules de la jeune fille, mais cette fois, c'était d'une façon différente, plus douce qu'avant.

Elle baissa la tête.

« Je… Je suis en prison… Pour toi ?

— Oui, répondit Signe, avant de lever son regard vers lui. Merci. »

Il était stupéfait – une fois de plus. Maintenant qu'il y repensait, c'était l'une des premières choses qui étaient arrivées lors de leur rencontre. Et depuis ce moment-là, elle n'avait cessé de le surprendre encore et encore !

« J'ai beaucoup réfléchi à tout ça, s'empressa-t-elle de dire. Et… Enfin je trouve que c'est plus juste comme ça. Mais j'ai promis de te rendre visite. Et c'est ce que je fais ! »

Que pouvait-il répondre ? Avait-il en face de lui le cœur le plus pur – ou une tacticienne hors pair qui venait de le mettre échec et mat ?

Il lâcha ses épaules, mais elle ne détourna pas son regard.

« Je t'aime bien, Max », dit-elle.

Rien de plus. Tout simple – pas de « parce que » ou de « même si ».

Max repassa en revue chaque phrase qu'ils avaient échangée. Comme devait-il réagir ? Comment peut-on être aussi impuissant devant quelque chose d'aussi simple ?

Il n'y avait qu'un chemin possible. Il se résigna, et se tourna vers elle.

« Je t'aime bien moi aussi, Signe. »

Ils restèrent là à se regarder dans les yeux. Croyez-moi, aucune trace de romantisme dans l'air. Mais il y avait bien quelque chose – c'était de l'amitié.

Il l'examinait du regard.

« Tu as pleuré ? »

Elle se contenta d'acquiescer, n'étant pas sûre de maîtriser sa voix.

« En même temps, il y a de quoi, dis donc. » Max avait l'air mélancolique. « C'est bizarre, je me sens… soulagé. »

Il était surpris, de toute évidence. Et il voulait lui expliquer pourquoi.

« Tu vois, j'ai cru tout le long que c'était moi qui te manipulais, qui dirigeais tes pensées, te faisais croire une chose puis l'autre. Mastermind, tu vois. »

Elle eut un sourire de travers.

« Mais en vérité… » Il leva les yeux : il lui fallait comprendre pleinement lui-même avant de continuer. « Bon sang ! C'était l'inverse ! »

Elle ne le contredit pas. Pourquoi l'aurait-elle fait, d'ailleurs ?

« Tu es… Tu as réussi à… Pour moi… » Il s'interrompit, car il n'en revenait pas et qu'il avait encore besoin de faire la part des choses. C'était particulièrement intéressant. De toute sa vie, jamais il n'avait vécu de situation approchant celle-ci, même de loin. Et il ressentait le besoin de partager avec elle cette nouvelle sensation.

« Signe, lui confia-t-il, c'est tellement étrange : je ne sais plus du tout quoi dire. »

Elle lui adressa un sourire.

« Alors peut-être que tu pourrais juste la boucler ? »

CONCLUSION

Je me suis trompé !

J'ai rendu hommage à la mauvaise personne !

Et j'ai le blues !

Le lecteur est en droit de se sentir dupé, ou tout du moins de se dire que j'ai foiré. Parce que j'aurais dû le savoir depuis le début.

J'oserai pourtant une plaidoirie en proposant une timide objection :

Et pourtant !

Je le pense : et pourtant !

Car considérons que chaque mot que j'ai écrit sur Max et à sa gloire, je le maintienne ! Il a seulement croisé la route de quelqu'un d'encore plus vif, d'encore plus malin que lui. On ne devient pas moins futé simplement parce qu'un autre l'est encore plus, et un atout conserve sa valeur même contre un atout plus fort. En toute logique, la dernière phrase n'a pas beaucoup de sens – ça ne peut pas fonctionner. Mais qui aurait pu croire que le plan d'une jeune scoute naïve et innocente pouvait fonctionner ? Alors qu'en plus, elle était opposée à un spécialiste en intrigues de niveau international ?

Personne !

Il fallait d'abord y assister de ses propres yeux !

On ne peut pas balancer ce genre de choses sans avis à la population, personne n'y croirait.

C'est pourquoi la conclusion tant promise, nous ne nous en approcherons même pas, et tout ce couplet sur la morale s'est envolé avec le vent. Ça aurait pourtant pu être une bonne expérience.

Et on pourrait aussi souligner ceci : être réactionnaire dans un monde en constant changement n'a aucun intérêt. Éthique et morale changent tout le temps. Il faut suivre la cadence.

Ou alors, on pourrait choisir un autre point de vue et se réjouir qu'exceptionnellement la naïveté l'ait emporté face à la ruse ! Dans ce cas, notons que la naïveté n'a gagné qu'en choisissant d'être rusée – et nous voilà bien avancés.

Je ne sais pas vraiment. La vie est si déconcertante – c'est probablement pour ça que certains y passent autant de temps.

Mais quand même… Peut-être devrait-on se pencher sur le fait que Max, pour la première fois de sa vie d'adulte, était en paix dans son âme. Il avait combattu si loin – une collection de triomphes – mais sa première défaite lui avait apporté la paix.

N'oublions pas que cet homme si plein de pouvoir, habitué à jongler avec le destin des gens, n'était rien de plus qu'une personne tout à fait normale. Une personne habitée par l'angoisse, la joie, la tristesse, le bonheur et une nette tendance à la tendresse, comme chacun d'entre nous.

Au fond, Max avait désespérément besoin que quelqu'un s'occupe de lui.

En ce qui me concerne, je sors dans une semaine, et qu'ai-je appris dans cette histoire ?

Est-ce qu'elle va influencer ma vie et ma façon de penser ?

Je serai libre jeudi prochain et j'ai une opportunité intéressante concernant une caisse d'épargne à Nørresundby. Mais je ne sais pas vraiment…

Je commence quand même à douter de ce que je veux faire de ma vie.

Peut-être que je devrais me faire scout.

Mais je ne sais pas si je suis assez malin.

La mort de la démocratie ne sera pas le fait d'une audacieuse embuscade – mais le résultat d'une destruction progressive par l'apathie, l'indifférence et la sous-alimentation.

ROBERT M. HUTCHINS, 1957,
Professeur et Directeur
pour l'Encyclopédie Britannique.

BABEL

Extrait du catalogue

Achevé d'imprimer en septembre 2014 par Normandie Roto Impression s.a.s., 61250 Lonrai sur papier fabriqué à partir de bois provenant de forêts gérées durablement pour le compte d'ACTES SUD, Le Méjan, Place Nina-Berberova, 13200 Arles.
Dépôt légal 1re édition : octobre 2014.
N° impr. : 1403299
(Imprimé en France)